また、同じ夢を見ていた

住野よる

双葉文庫

1

先生、頭がおかしくなっちゃったので、今日の体育を休ませてください。

小学生なりの小さな手をきちんとあげ、立ちあがってそう言ったら、放課後職員室に来なさいと言われた上に、校庭もちゃんと走らされてしまったことについて、私、小柳奈《こやなぎな》ノ花《のか》は納得がいっていません。

皆が帰った後の職員室に一人呼びだされたのだから、何か注意をされるというのは分かっていたけれど、先生と向き合ってもなお、私の中に悪びれるという気持ちはありませんでした。

「あのね、先生は私がふざけてあーいうことを言ったと思っているのかもしれないけれど、私には私なりの計算があって、もっと言えば勝算まであったのよ」

椅子に座って私と視線を合わせたひとみ先生は、腕を組んだまま、「なんなの？　その勝算っていうのは」と、優しい顔で言いました。

私も負けじと短い腕を組んで先生に教えてあげます。

「昨日テレビを見ていたの、どこかで起きた事件について色んな人が思ってることを言うって番組だったわ。そこで偉そうな人が言っていたの、日本では頭がおかしい奴は嫌なことから逃げられるって。それで、その偉そうな人が誰なのかお母さんに訊《き》いたら、大学の先生だって。大学の先生がそう言うんだから、当然小学校でも通じる理屈のはずでしょう？　大学の下が高校、その下が中学校、その下が小学校だものね」

私は先生が感心してくれると思って、胸を張って自分の考えを披露したのだけれど、先生は意外にもとても困ったような顔をして、いつもより少し深い息を吐きました。

「どうしたの、先生」

「えっとね、小柳さん、自分でそういうことを考えて、きちんと言葉に出来るのは、あなたがとても頭がいいからだし、とってもいいことだと思う」

「私もそう思うわ」

「自信があるのもね、とてもいいこと。だけれど、あなたのその才能を伸ばすために、先生からいくつかアドバイスがあるんだけど、聞いてね」

「ええ、いいわ」

先生はにっこり笑って、人差し指を立てます。

「うん。まず一つ目、思いついたことをすぐにやってみるのも大事だけど、その前に時間をかけて考えて、待ってみることも同じくらい大事なの。分かる？」

私は首を縦に振ります。先生の方は、人差し指に続いて中指を立てます。

「二つ目、嫌なことから逃げるのがいいとは限らない。逃げてもいい場面もあるけど、でも体育は健康にとてもいいことだし、かけっこだって前より速く走れたでしょ？」

確かに先生の言った通り、今日のかけっこは前走った時よりも少し速く走ることが出来ました。でも、足はくたくた。本当に健康にいいのかしら？

先生は続いて薬指を立てます。

「そして三つ目、私はその大学の先生が言ったことは間違ってると思う。テレビに出てる人や偉い人の言ってることが正しいとは限らないの。それが正しいかどうか、あなたがちゃんと考えなくちゃいけない」

「じゃあ、っていうことはね、先生」

「うん」

「ひとみ先生の言ってることも、正しいかどうか分からないってことよね」

先生は柔らかく私を見て、「そうよ」と答えました。

「だから、それもあなたが考えないといけないの。だけれどね、これだけは信じて。先生はあなたに幸せになってほしいし、皆と仲良くなってほしいって心から思ってる。分かる？」

先生はこれまで何度も見せてきた真面目な顔をします。私はひとみ先生のこの顔が好き。

他の先生達の顔と比べて、嘘が少ない気がするから。

私は先生が言ったことをよく考えてみて、もちろん首を縦に振ることも横に振ることも検討した上で、丁寧に頷くことにしました。

「分かったわ。私、大学の先生よりひとみ先生を信じる」

「うん、じゃあこれからはクラスで何かをしてみようって時には、先生にまず相談して」

「私がそれを正しいと思ったらね」

「ええ、それでいい」

先生は本当に嬉しそうに笑って、私の頭をぽんぽんとしました。その顔を見て、きっと先生は本当に私の幸せを願ってくれているんだと思いました。同時に、こうも思いました。

「ひとみ先生の言う、幸せっていうのはどういうこと？」

「そうねえ、たくさんあるけど、そうだ、小柳さんには先に教えてあげる。明日からの国語の授業で、幸せって何かってことを考えるの」

「へぇ、とても難しそう」

「うん、とっても難しいけれど、先生も皆もそれぞれに、自分にとっての幸せは何かを考えるの。だから、小柳さんも自分なりに幸せって何かを考えてみて」

「分かったわ。考えておく」

「ええ、クラスの皆にはまだ内緒よ」

ひとみ先生は、人差し指を立てて唇にあて、へたくそなウインクをしました。それから、隣の席に座っていたしんたろう先生の机の上から勝手にチョコレートを取って、言いました。

「私の幸せ、まず一つ目は甘いもの」

「それは私にとっても幸せかもしれないわ」

私がしんたろう先生を見ると、彼は笑って「皆には内緒だぞ」とこれまたへたくそなウインクで、私にもチョコレートをくれました。

「それじゃあね、先生」

職員室の入り口で、私は先生に手を振りました。

「気をつけてね。そういえば、いつもは誰と一緒に帰ってるの?」

「子どもだけど、家までくらい一人で帰れるわ」

「そう。今日は先生が残しちゃったけど、明日からは皆と一緒に帰るのも楽しいから、やってみなさい」

「考えておくわ。でもね、先生」

私は貰ったチョコレートを口に放りこんで先生に教えてあげます。

「人生とは、素晴らしい映画みたいなものよ」

先生は楽しそうに少し首を傾げます。この手のことを私はよくひとみ先生に言うんだけれど、先生はいつもちゃんと考えてくれます。

そして大体、的外れなのです。

「うーん、あなたが主人公ってこと？」

「違うの」

「えー、降参。どういう意味？」

「お菓子があれば、一人でも十分楽しめるってことよ」

私はいつもの困った顔をした先生に背中を向けて、退屈な小学校からさっさと家に帰ることにしました。


家に帰っても誰もいないので、私はランドセルを自分の部屋に置いた後、すぐに外へと出かけることにしています。きちんと家の鍵をかけて、マンションの十一階からエレベーターで一階まで下り、エントランスの自動ドアを開けて外に出るのです。

ガラス扉から飛びだすと、ちょうどそこに友達が歩いてきました。彼女は私の下校時間を見計らって、いつも私の家の周りをうろついています。私の家は、周りにある他の建物と比べて一際大きなマンションなので、彼女でも見つけやすいのでしょう。

私は、彼女に挨拶をします。

「ごきげんよう」

彼女は最初から私に気がついていたくせに、まるで初めて私がいることを知った風な顔をして、「ナー」と鳴きました。

「そんな白々しい演技じゃ、女優になれないわよ」

「ナー」

彼女は相変わらずのちぎれた尻尾をぴこぴことさせながら、私が行こうと思っていた方向に歩きはじめます。私の小さな歩幅でも、彼女のそれよりは大きく、私はすぐに彼女と並ぶことが出来ました。勝ち誇って「ふふん」と笑ってみせると、彼女はぷいっと顔を背けます。まったく、可愛げのない子です。

同じ目的地に歩いていく間、私は小さな友達に今日あったことを話してあげました。

「なあんてことがあったのよ」

「ナー」

「人と人の考えは食い違うことがあるのよね。猫の世界でもそういうことがあるの？」

「ナー」

「そうね、違う生き物なんだもの、分かり合うって難しいわ」

彼女は興味がなさそうにまた「ナー」と鳴きました。いつも私の話にはあまり興味がなさそうです。猫の生活に私の悩みなんて関係がないからかもしれないけれど、ちょっと失礼しちゃう。

仕方がないので、私は彼女も楽しめるよう歌を歌ってあげることにしました。生意気な彼女を振り向かすのは、ミルクと私の歌くらいのものなのです。贅沢ものの猫。

私は、一番好きな歌を歌います。

「しーあわーせはー、あーるいーてこーないー」

「ナーナー」

「だーからあーるいーてぃーくんだねー」

彼女は気がないふりをするくせに、いつもより多く抑揚をつけて鳴きます。彼女の歌声はとても綺麗です。彼女は教えてくれないけれど、こんな綺麗な歌声を持っているのだから、きっと彼女のことを男の子達は放っておかないでしょう。

二人で歌いながら歩く静かな道の先、私達は大きな川の堤防に突き当たります。階段を使って堤防をのぼると、周りに大きな建物がないので、勢いよく吹く風に髪をなでられるのがとても気持ちいいです。向こう岸には隣町があって、私達の町とは少し匂いが違う様に思えます。

ここの河川敷は子ども達の遊び場所になっているのですが、私はそっちに興味はありません。尻尾のちぎれた彼女は少しばかり河川敷に転がるボールに興味があるようでしたが、彼女もミルク以上にボールが好きなわけじゃありません。

私達は川の横を通る堤防の道を歌いながら歩きます。途中すれ違った人や段ボールに座っているおじいさんに挨拶をして、商店街でよく会うおばあちゃんに飴玉をもらったりしながら歩いていくと、すぐに私達の目的地を発見しました。

クリーム色の二階建てアパート。堤防から階段を使って下り、四角いバタークリームケーキみたいなそのアパートに近づきます。

尻尾のちぎれた彼女にあまりうるさくしないよう注意をして、二人一緒にかんかんと音が鳴るアパートの階段をのぼりました。

私より一歩先にかけあがった彼女は、二階の廊下の突き当たりにあるドアの前で早速「ナーナー」と鳴きはじめます。静かにと言ったのに、彼女、言われたことをすぐに忘れてしまうことがよくあります。私みたいにかしこくないのです。

私は上品にドアの前まで足を運び、チャイムに背が届かない彼女の代わりに押してあげます。

部屋の中にぴんぽーんという音が響いて数秒後、私が足元にいた一匹のアリを見つけるのよりも早く、ドアが開きました。

中からはいつもと同じようにTシャツと長ズボンを着た綺麗なお姉さんが出てきました。今日はいつもより、髪がはねまわってて眠たそうでした。

「こんにちは！」

「はい、こんにちは。お嬢ちゃん、今日も元気だね」

「ええ、元気よ。アバズレさんは、今日は元気じゃないの？」

「いや、元気だよ。ただ、さっき目が覚めたところなんだ」

「もう三時過ぎよ？」

「この時間が朝だっていう人間だっているさ。私がそうだ」

「他にいるの？」

「ほら、アメリカ人とか」

私はアバズレさんの適当な言い方がおかしくて、くすくすと笑いました。アバズレさんも私につられたのか、笑いながら首の辺りをかいて「入りなよ。猫ちゃんもお腹空いたろ」と言いました。私は靴を脱いでアバズレさんの家にあがらせてもらい、尻尾のちぎれた彼女はドアの外で待機しました。まったくこんな時だけ行儀がいいのだから、彼女は悪い女です。

アバズレさんは古いお皿にミルクを入れて外にいる彼女にあげて、それからドアを閉め、私に一本のヤクルトをくれました。私はそれを飲みながらアバズレさんが寝癖をなおすのを見つめます。

私は学校のある日は大体ここに遊びに来ることにしています。アバズレさんは大人なので忙しく、私が来た時にいないことも多いのですが、いる時はこうしてヤクルトや、たまにアイスをくれたりします。外でミルクを飲んでいるあの子も、アバズレさんが優しいのを分かっているから、ミルクを楽しみにしていつもついてきます。

アバズレさんは窓を開けて冷蔵庫からサンドイッチを取り出して、ぐちゃぐちゃになったベッドの上に座りました。私は四角い部屋の真ん中に置かれた丸いテーブルの横に座って、ヤクルトを味わいます。

「学校はどうだった、お嬢ちゃん」

たまごサンドをむしゃむしゃと食べるアバズレさんの長い髪は、窓からの光に照らされて天使みたいに透き通ります。私はさっき尻尾のちぎれた彼女に説明した今日の話を、今度はアバズレさんにしました。途中までただ頷いていたアバズレさんだったのですが、私が「アイデアはよかったんだけど実力がともなってなかったわ」と言うと大きな声で笑いました。

「お嬢ちゃんが頭がおかしいとは、誰も思わないだろうな」

「どうして？」

「お嬢ちゃんはかしこいからさ。かしこいから、ちょっと変なことをしても、きっと何か考えがあるんだろうって思われるよ。だから職員室に呼びだされたんだろう？」

「そうね、それなら次からはもっと頭がおかしそうな顔をするわ」

私が斜め上を向いて舌を出すと、アバズレさんはまた大きな声で笑いました。

「その先生はいい先生だね」

「そうなの、とてもいい先生なのよ。時々、的外れだけれど」

「大人なんてみーんな、的外れだよ」

アバズレさんはそう言って立ちあがり、冷蔵庫から缶を持ってきてぷしゅっと開けました。

「それ、甘いの？」

「甘いけど苦いよ」

「どうして苦いものをわざわざ飲むのかしら。アバズレさん、コーヒーも飲むじゃない。あれもとっても苦いわ。我慢してるの？」

「いいや、好きだから飲んでるのさ。お酒もコーヒーもね。私も子どもの頃はコーヒー飲めなかったよ。苦いのをありがたがるのは大人だけだ」

「なるほど、じゃあ私にも苦いのを美味しいと思える日がくるかしら」

「くるかもね。だけど、無理に飲む必要はないよ。甘いものだけを美味しいと思えるって、素敵だと思う」

アバズレさんは透き通る笑顔で言いました。アバズレさんの言葉や笑顔からは、香水とは違ういい匂いがします。他の大人達とは違う、いい匂い。前にそのことをアバズレさんに言うと、アバズレさんは笑いながら「それは私が立派な大人じゃないからだよ」と言いました。それが本当なら、私は立派な大人にはなりたくないなと思いました。

「人生はプリンみたいなものってことね」

「どういう意味だい？」

「甘いところだけで美味しいのに、苦いところをありがたがる人もいる」

「あはは、その通りだ」

笑ってアバズレさんはお酒をくうっと飲んで、「やっぱりお嬢ちゃんは頭がいい」と言いました。褒められると、私は嬉しくなります。

「アバズレさんは、お仕事で何か面白いことはあった？」

「仕事で面白いことなんてないよ」

「そうなの？　でもうちのお父さんとお母さんは仕事が大好きみたいよ。いつもおうちにいないもの」

「いつも仕事をしてるからって、仕事が面白いとは限らない。もし面白くてやってるんだとしたら、それは凄く幸せなことだけれどね」

「きっと面白いのよ。私と遊ぶよりもずっと」

「寂しいのなら、寂しいってちゃんと言った方がいい」

「そういうのって、かしこくないわ」

私は首を横に振りました。

そして今の会話の中で気になったことをアバズレさんに訊《き》きます。

「お仕事が面白くないってことは、アバズレさんは幸せじゃないの？」

アバズレさんは、私の質問には答えませんでした。代わりに薄く笑って「私の今の一番の幸せはお嬢ちゃんが来てくれることかな」と言いました。それは大人達がよくする誤魔《ごま》化《か》しのための嘘なんかではないと分かったので、とても嬉しくなりました。

「しっあわせはーあーるいーてこーないー、だーかーらあーるいーていくんだねー」

「私もその歌好きだなぁ。一日一歩、三日で三歩」

私達は二人で声を合わせて「さーんぽ進んで二歩さがるー」と歌いました。

「そういえば幸せって何か、考えなくちゃいけないわ。授業で発表するの」

「へぇ、私が小さい頃もそういうのあったよ。懐かしい。お嬢ちゃんの幸せか、なんだと思う?」

「まだ分からないわ、考え始めたばかりだもの」

「難しい問題だね。じゃあ、幸せのヒントにアイスを食べる?」

「いただくわ!」

私とアバズレさんは、二人で一本ずつ棒のついたソーダアイスを食べながら、いつものようにオセロをすることにしました。オセロはアバズレさんが子どもの頃から持っていたものだそうです。

私も前にお父さんに買ってもらったのですが、うちには私とオセロをしてくれる人はいません。

でも、いつかアバズレさんが私の家に来た時にもオセロが出来るので安心です。私とアバズレさん、どっちが強いかというと、いつかは私の方が強くなってみせます。

アバズレさんが二回勝って、私がやっと一回勝った時、アバズレさんが壁にかかった時計を見ながら、「お、もう四時だ」と言いました。私は時間が過ぎるのってやっぱり早いわと思いながら、オセロを片づけることにしました。

「アバズレさん、ヤクルトとアイスごちそうさまでした」

「いえいえ、おばあちゃんによろしくね」

私はいつも四時くらいになったらアバズレさんの家を出ることにしています。本当はもっともっとお話もオセロもしたいのですが、実は他にも行くところがあるのです。

私は小さな足にぴったりなピンク色の靴を履いて、もう一度アバズレさんにお礼を言って、ドアを開けました。外では、ミルクを飲みほした彼女が行儀よく座って待っていました。アバズレさんはミルクが入っていたお皿を優しく拾い上げます。

「また遊びに来るわね」

「うん、またいつでも来たらいいよ」

「アバズレさんは、今日これからの予定は？」

「ちょっと寝ようかな。仕事に備えて」

「お仕事頑張ってね。体に気をつけて」

「はいはい。お嬢ちゃんも頑張って幸せを見つけて。歩いて見つかったら私にも教えてね」

「うん。それじゃあ、お休みなさい」

アバズレさんに手を振って、私はドアを閉めました。アバズレさんは、私が眠った後に始まって起きる前に終わる、不思議なお仕事をしています。私はアバズレさんの仕事をきちんとは知りませんが、暗い時に働いて明るい時に寝るなんて私にはきっと出来ないので、それだけでも尊敬してしまいます。

尻尾のちぎれた彼女と階段を静かに下りながら、私はアバズレさんの仕事について考えました。前にどんな仕事をしているのか訊《き》いた時、アバズレさんは笑いながら「季節を売る仕事をしてるんだ」と言いました。

その響きに私は、きっとそれはそれは素敵な仕事なのだろうなと思いました。

あれは、冷たい雨の日でした。可愛いピンクの長靴履いて、綺麗な赤い傘さして。ひらひら黄色いカッパを着た私は、堤防の上を小さなカエルを追いかけながら歩いていました。緑色の小さなカエルはとても綺麗で、楽しそうに、規則正しく歩道の間を跳んでいくのですから、ずっと見ていることが出来ました。

緑のカエルをしばらく追いかけていると、いつの間にか私も一緒にジャンプをしていました。まるで二人で何かの特訓をしているようだなと思い、私は一人で笑いました。その間もカエルは一生懸命、特訓を重ねていました。きっとこの子は恥ずかしがり屋で、人があまりいない雨の日くらいしか特訓が出来ないんだわ。私は健気に頑張るカエルを応援しました。

ところが、私の応援は聞こえなかったのか、それとも最初から特訓をしているつもりなんてなかったのか、ある時カエルはぴょんと草むらに跳んでいって、そのまいなくなってしまいました。私は別れを惜しみ、草むらの中に入っていったのですが、いくら長靴が泥だらけになっても、カエルを見つけることは出来ませんでした。

とても残念な気持ちになりましたが、仕方がありません。草むらをかきわけ、河川敷まで下りてきてしまっていた私は、堤防の上へと戻ることにしました。でも、もしかしたらまた出会えるかもしれないという運命も捨てられず、下りてきた時とは違う道を進みます。

その道の先で、彼女が私を待っていました。

彼女は、草むらの中でうずくまっていました。すぐに彼女に気がついた私は、水たまりを蹴飛ばして駆け寄りました。彼女は泥だらけで、所々に赤い色が滲《にじ》んでいて、何より、尻尾が他の猫の半分くらいしかありませんでした。

大変だわ。私はそれだけを思いました。どうして彼女がそうなったのか、彼女が誰なのか、そういうことは考えませんでした。

私は傘を畳み、彼女をそっと抱えて、驚かさないようゆっくり堤防をのぼっていきました。彼女の体の膨らみから、静かな呼吸が伝わってきました。

私は最初、彼女を家に連れていこうと思いました。しかし帰っても誰もいないことに気がつき、そのアイデアはゴミになってしまいました。一人では、怪我を治すことは出来ません。

雨粒が顔に当たって冷たい。きっと彼女も寒がっていることでしょう。私は考えます。考えて、私は誰かに助けを求めることにしました。川とは反対側に堤防を下りて、近くにあったクリーム色のアパートに走ります。少し乱暴に私が走っても、腕の中の彼女はまるで動きませんでした。

アパートの一階、端っこの部屋から順番にチャイムを押していきます。最初の部屋は、誰も出てきませんでした。次も、次も、その次も、五軒目でやっと出てきた女の人は、私を見るなりすぐにドアを閉めてしまいました。私は次々に部屋を訪ねていきました。だけど、留守にしている家がほとんどで、たまにドアを開けてくれる人がいても、話を聞いてくれようとする人はいませんでした。腕の中の彼女は、震えていました。

二階までしかないアパートの最後の一軒。二階の端の部屋のチャイムを押す時、私の心臓がどんなにか速く動いていたかしれません。小さくなる呼吸のリズムには、自分の腕の中で誰かが消えてしまうかもしれないという怖さがありました。

中からチャイムの音がして、物音が聞こえ、まずは誰かがいることに安心しました。これまでに訪ねた部屋は、電気がついていても誰もいないというところがいくつかあったからです。

足音は少しずつ玄関のドアの方に近づいてきて、鍵が開けられた音がして、ノブが回され、ついにドアが開くと同時に、私は叫んでいました。

「この子を助けて！」

中から出てきた綺麗なお姉さんはびっくりした顔で数秒。その顔のまま私と腕の中の彼女を見比べました。私はお姉さんの目をじっと見ました。話をする時は人の目を見なくてはならないと、ひとみ先生に教わっていたからです。

するとお姉さんの目は、震える彼女の上で止まった後、これまで訪ねたどの部屋の人もしてくれなかったことをしてくれました。

私の目を、ちゃんと見てくれたのです。

「ちょっと待ってて」

お姉さんは一度部屋の奥まで行って、タオルを持ってすぐに戻ってきてくれました。そして私の手から小さな命を受け取ると、タオルにくるんで部屋の奥につれていきました。

「お嬢ちゃんもカッパと靴脱いで中に入りな」

とても優しい声で言われたので、私はほっとしてその場で眠ってしまいそうだったのですが、先にお礼を言わなくてはなりません。この優しいお姉さんの名前はなんていうんだろう、そう思っていた私の目に、ドアのすぐ横にある表札が映りました。

私は、そこに黒マジックで乱暴に書かれた文字を読みました。

「アバズレ、さん？」

とても不思議な、まるで日本人じゃないみたいな名前。もしかしたら外国の人なのかしら、そうは見えないけど。私は首をかくんと傾げました。

「ほら、怖くないから早く入っておいで」

私はお姉さんに呼ばれ、結局お礼を言う前にお風呂に押し込まれ、いつの間にかシャワーを浴びていました。お風呂場から出ると、私の濡れていた服の代わりに大人用のパジャマが用意されていて、柔らかいそれを着させてもらうことにしました。

お姉さんは、尻尾のちぎれた彼女に包帯を巻いてあげていました。邪魔をしないよう、私はじっとお姉さんの手を見ていました。

お姉さんの治療が終わって、やっとお礼を言うことが出来ました。

「本当にありがとう」

「いいんだ。お嬢ちゃんの服は洗濯機で乾燥させてるから、乾くまでいたらいい」

「うん。えっと、アバズレ、さん？」

私が名前を呼ぶと、お姉さんはきょとんとしました。どうして私がお姉さんの名前を知っているのかと、びっくりしたのでしょう。

「表の表札に書いてあったわ。アバズレさん、でいいのよね？」

「私の名前？」

「ええ」

私が頷いてすぐ、アバズレさんはわっはっはっはと大笑いしました。それがどういう意味の笑いなのか、私にはとんと分かりませんでした。でも、楽しそうなのはいいことなので、私も一緒に笑うことにしました。

「あっはは、あー、うん、それでいいよ。それが私の名前だ」

「外国の人なの？」

「いいや、日本人だよ」

「へぇ、珍しい名前ね」

私が感心していると、アバズレさんはまた笑いました。

「そうだ、アバズレさん。この子を助けてくれたお礼に表札の文字を書きなおしてあげるわ。あの字、失礼かもしれないけど、あまり上手とは言えないわね。私の字、とても綺麗なのよ」

私はそう提案したのだけれど、アバズレさんは首を優しく横に振りました。

「んー、せっかくだけどお嬢ちゃんに書いてもらうほどのものじゃないんだ。自分で書いたわけでもないしね」

「へぇ、あれは誰が書いたの？」

アバズレさんは、今度はうっすらと笑いながら、こう言いました。

「さあ、誰だったか忘れたよ」

こんなことがあって、私とアバズレさんと尻尾のちぎれたあの子は仲良くなりました。

ひとみ先生は私に友達がいないと思っているみたいだけれど、私には立派な友達がいます。

オセロをする友達も、一緒にお散歩をする友達も。

そして、本のお話をする友達もちゃんといます。

だから私は、学校に友達がいなくても、お父さんとお母さんが忙しくて全然遊んでくれなくても、寂しくなんてないのです。

おばあちゃんとの出会いは、アバズレさんや尻尾のちぎれたあの子とのように大変な出会いだったわけではありません。大変じゃないというのは、出会った時に私が悲しそうだったり苦しそうだったりの顔をしていなかったということです。

私の家の近くの丘、木々の間をのぼっていくと広場が現れて、そこに木で出来た大きな家があります。

ある日、この家を見つけた私は、ここらへんでは珍しい木の家がとても素敵に思えて、ずっと見ていました。しばらくして、あまりにも静かなので誰も住んでいないのかしらと思って玄関をノックすると、笑顔の素敵なおばあちゃんが出てきてくれました。

その日から、私とおばあちゃんは友達になりました。

今日もいつもと同じように、木で出来た大きなおうちは素敵なままでした。

「おばあちゃんの作るお菓子はどうしていつもこんなに美味しいのかしら」

「生きてきた時間分、どうやって作れば美味しくなるのかを知ってる。それだけ」

おばあちゃんはなんでもないことのように、お茶を飲みながら言いました。私はおばあちゃんの作ったマドレーヌを食べながら、その美味しさの秘密を解き明かそうとします。

尻尾のちぎれた彼女は、居間と原っぱに面した板張りの廊下で日向ぼっこをしています。

低いテーブルの置いてある畳の部屋でマドレーヌをもぐもぐしながら、私は今日おばあちゃんとしたかった話を切り出します。

「おばあちゃんに教えてもらった『星の王子さま』、学校の図書室にあったから読んでみたわ」

「面白かった？」

「んー、言葉は素敵だったけれど、私には難しかったわ」

「そうかい。なっちゃんはやっぱりかしこいね」

「そう思ってたんだけど、まだまだね。ちっとも分からなかったんだもの」

「分からなかったことをきちんと分かっているのが大事なのよ。分かってもいないのに分かっていると思いこんでるのが、一番よくない」

「そういうものかしら」

「分からないなりに、何か心に残ったことはあった？」

「そうね、私には箱に入った大人しい羊より、一緒に散歩をしてくれる猫の方が似合ってそう」

おばあちゃんは優しく笑って、廊下で眠るあの子を見ました。

「せっかくなっちゃんに褒められてるのに、幸せそうに寝ちゃって」

「いいのよ、あの子すぐに調子に乗るんだから」

彼女はちぎれた尻尾を揺らしてあくびをしました。私にもうつって、はしたなく大きな口を開けてあくびをしてしまいます。あくびの拍子に思い出し、私はアバズレさんにしたのと同じ話をおばあちゃんにもしました。あの、学校での話です。

私がきちんと一から話すと、おばあちゃんはアバズレさんと同じように大笑いしました。

「そうかいそうかい。校庭も走らされて、放課後に残されもして、そりゃあ大変だったねぇ」

「そうでもないわ。いえ、体育は嫌だったけど、残ったのは大変でもないの。ひとみ先生のことは好きだから」

「素敵な先生だね」

「ええ、素敵な先生。ちょっと的外れだけどね。うふ、このやりとりアバズレさんともしたわ」

「今日はオセロ勝てたのかい？」

「一回だけよ。でも、その一回もたった二枚差だったもの。いつかオセロが強くなる日がくるのかしら」

「くるさ。なっちゃんには先を見る力があるからね。ゲームにはその力が不可欠なんだよ」

おばあちゃんの言うことは嘘じゃない、そう分かったので、とても嬉しくなりました。

おばあちゃんの言葉や笑顔からは、お線香とは違ういい匂いがします。他の大人達とは違う、匂い。前にそのことをおばあちゃんに言うと、おばあちゃんは笑いながら「もう大人を卒業しちゃったからかな」と言いました。

「なっちゃんよりもよく知ってるのさ」

「じゃあ、アバズレさんにも先を見る力があるのね」

「どうかな。大人は子どもと違って過去を見る生き物だから」

「でも、アバズレさんは私より強いわ」

「生きてる時間が長いからね。どうやったら勝てるのか、なっちゃんよりもよく知ってるのさ」

おばあちゃんは生きてきた時間のことをよく言います。確かに、おばあちゃんは私がこれまでに生きた時間を七回も過ごしているのだから、それくらいあれば私にだって美味しいマドレーヌが焼けるかもしれません。

一つ目のマドレーヌを食べ終わり、お皿に載った二つ目に手を伸ばそうとしたけど、結局何も取らずに手をひっこめました。今日はヤクルトもアイスも食べているのに、この上マドレーヌを二個も食べてしまったら、お母さんの作った夜ご飯が食べられなくなってしまいます。

マドレーヌのことを忘れるために、私は違うことに頭を使うことにしました。

「おばあちゃん、今度学校で幸せについて考える授業があるのよ」

「それは面白そうな授業だね」

「そうなの。だけれど、とても難しいわ。いくつでも言っていいのならいいんだけど、授業の時間って限られているし、クラスには私だけじゃないから」

「そうだね。きちんとまとめて、物事の真ん中をつく答えをしなくちゃいけない」

「ひとみ先生をびっくりさせて、皆を納得させるような答えを見つけたいわ」

私はひとみ先生に褒められる自分を想像し、得意になりました。つい調子に乗って、マドレーヌに手が伸びそうになりましたが、すんでのところで我慢します。おばあちゃんがそれを見て笑いました。

「おばあちゃんの幸せは、何？」

「私の幸せねぇ。たくさんあるよ、こうして晴れた日にお茶を飲めることとか、一人で暮らしてる寂しい私のところになっちゃんが来てくれることとか。だけど、一つの答えを探すっていうのは、難しいわね。考えておくよ」

「うん、考えておいて。そういえば、おばあちゃんは今、幸せ？」

おばあちゃんはお茶を一口飲んでから、笑顔で答えました。

「ああ、幸せだった」

おばあちゃんは本当に幸せそうで、私まで幸せな気分になりました。廊下の方に目を向けると、これまたあの子が幸せそうに眠っています。この木の家に今、幸せの成分が充満しているのかもしれないと思いました。

「そうだおばあちゃん、またおすすめの本を教えて」

「トム・ソーヤーは読んだことあるって言ってたね」

「ええ、面白かったわ」

「じゃあ、トムの親友が主人公の話は？」

「宿なしハックのこと？　別の本があるの？」

「あら知らないのね、『ハックルベリー・フィンの冒険』。これも面白いよ。図書室になかったらひとみ先生に訊《き》いてみるといいかもね」

私はとてもいいことを聞いた、と、『ハックルベリー・フィンの冒険』という名前を大切な思い出をいれるのと同じ場所にきちんとしまいました。

私とおばあちゃんは本のお話をするのがとても好きです。だからいつも時間が経つのを忘れてしまいます。

『星の王子さま』の中で一番好きだった話はどれか。私は王子さまと薔薇《ばら》の話が好きだったわ。とても愛らしく感じたの。おばあちゃんは？　私はウワバミがゾウを食べた絵の話かな。

そんな話をしていると、外はすっかりオレンジ色になっていました。壁にかかった時計を見ると、いつの間にか五時半になっています。六時までには、家に帰らなくてはなりません。お母さんと、そういう約束なのです。

私は尻尾を揺らす友達を起こし、おばあちゃんにさよならをします。

「それじゃあまたね、おばあちゃん」

「気をつけて帰るんだよ」

「うん。ハックの本、探しておくわ」

玄関まで出てきて見送りをしてくれるおばあちゃんに手を振って、もう一人は尻尾を振って、私達は丘の散歩道を下ります。オレンジ色の道がとても綺麗です。こういうサヨナラの時、私は寂しくはなりません。だって、私には明日も明後日もあるのだもの。

「しーあわーせはー、あーるいーてこーない。だーからあーるいーていーくんだねー」

「ナーナー」

尻尾のちぎれた友達とも途中で別れ、家に帰り宿題をしていると、六時半くらいにお母さんが帰ってきました。お母さんは、土曜日も日曜日もたまにしか家にいないけれど、夜ご飯の時間だけは必ず家にいてくれます。だから、私はずっと夜ご飯の時間だったらいいなと思うけれど、そうしたら朝ごはんのヨーグルトを諦めなければなりません。

今日の夜ご飯はカレーライス。私はヤクルトもアイスもマドレーヌも食べたのに、カレーライスをおかわりまでしてしまいました。

「ダイエットしなくちゃいけないかしら」

お母さんは「そんな必要ないわよ」と言って笑って、会社で貰ったというクッキーを私にくれました。私は迷った末、そのクッキーにバニラアイスクリームをのせて食べました。

「幸せってクッキーに好きなアイスをのせられるってことかもしれないわね」

目の前に座ったお母さんは「私はコーヒーと一緒に」と言ってクッキーを熱いコーヒーに浸して食べました。

それから、いつもと同じようにお風呂に入った後、私は十時には眠くなってしまって、いつもと同じようにお母さんにも、寝てる間に帰ってきたお父さんにも、アバズレさん達の話はしませんでした。

2

小学校の靴箱で上靴を履いていると、朝から嫌な奴に会ってしまい、私の気持ちは色で言うと灰色になりました。こういう時はブルーって言うのかもしれないけど、青色は好きだから。

「お！　頭おかしくなった奴が来たぜ！」

校舎の方から聞こえてきた知性のかけらもないその声に、私はこれみよがしに溜息を吐き、言ってやりました。

「頭がおかしくなった私よりテストの点が取れないあなた達は、本当に頭が悪いのね。新発見」

馬鹿なクラスメイト達数人の怒った顔で溜飲を下げておいて、私はこれ以降の会話を全て拒否します。あいつらに何を言われても無視していると、やがて「びびってんじゃねえ」とかなんとか、日本語を喋れることを褒めてあげたくなるようなことを言ってから去っていったので、やっと上靴を履き終わって校舎に足を踏み入れます。

と、

「おはよう、小柳さん」

灰色な私のステップを、一つの声が後ろからひきとめました。振り向くと、そこにいたクラスメイトに、私の表情は一転します。

「あら、おはよう、荻原《おぎわら》くん」

「昨日あれ読み終わったよ。トム・ソーヤー。とっても面白かった」

「あらそう。それはよかったわ。どこの場面が好き？」

「ペンキの話かな。あと僕はトムがとてもかっこいいと思う」

「確かにトムは魅力的ね。頭もよくて」

「ハックも好きだな」

「宿なしハックね。そういえば、私これから」

と、そこまで言いかけて、言葉を止めました。理由は、おばあちゃんから聞いた話を独り占めしようとしたのではなく、荻原くんの後ろから男の子が走ってきて彼に軽くぶつかったからです。驚く荻原くんに、私は背中を向けます。彼は、私の背中を見てはいないでしょう。荻原くんにぶつかってきた男の子は、彼ととても仲のよいクラスメイトで、仲がよいから男の子特有のスキンシップで、彼にぶつかったのです、決していじめではありません。荻原くんが、いじめるわけもいじめられるわけもありません。彼には友達が多いから。

対してクラスに友達のいない私は、こうして背を向けることを選びました。でも私も別にいじめられてるわけじゃありません。ただ、なぜだか荻原くん以外のクラスメイト達は私を苦手に思っているか、嫌いに思っているみたいなのです。一度も、皆にいじわるなんてしたことないのに。

だから私は、荻原くんの友達を気づかって先に行ってしまうことにしました。男の子同士の友情に、女の子は入り込めないものなのです。

教室に行く前に、私には寄るところがありました。図書室です。私の行っている小学校では図書室が朝から開いています。これはとても喜ばしいことです。教室にひとみ先生が来るまでのあのうるさい時間を、私は静かな図書室で過ごします。

図書室に入ると、本達の持つ特別な匂いと、優しい図書室の先生が私を出迎えてくれます。私は、昨日おばあちゃんから聞いた『ハックルベリー・フィンの冒険』が置いてあるかを先生に訊《き》きました。すると先生はとある本棚の前に私を案内してくれたので、そこからは自分で本を探します。探す時のどきどきする気持ちも楽しみたいでしょっ」と図書室の先生は前に言いました。その通りだと思います。「本が好きなら、

私はすぐに『ハックルベリー・フィンの冒険』を見つけて、指の先が痺《しび》れるようなわくわくと一緒に手に取り、ランドセルを下ろして近くの席に座りました。

最初のページを開く時の、他のどんなものにもたとえることの出来ないこの気持ちを、きっとクラスでは私と荻原くんしか知らないのですから、もったいないことです。

私は、宿なしハックの物語に、一人小さな一歩を踏み出しました。

図書室は静かだし、いい匂いがするし、先生が優しいし、とてもいいところです。でもこの場所にも一つだけいけないところがあります。それは本に夢中になりすぎてしまうというところです。

私は図書室の先生に声をかけられるまで、自分が小学校にいることを忘れてしまっていました。朝のチャイムが鳴るちょっと前、今日も先生に名前を呼ばれ、久しぶりにこの世界に戻ってきた私は『ハックルベリー・フィンの冒険』を借りてランドセルに詰め、図書室の先生と本達に一時の別れの挨拶をしました。

私は学校についた時よりも騒がしくなった廊下を歩いて、階段を一段ずつのぼり、三階にある教室に向かいます。

教室の前につくと、廊下を走る男子達がいたのでお互いに無視をしあってから、教室に入りました。私が教室に来たことなんて誰も気にしません。私はいつもと同じように一番後ろにある自分の席に一直線。ランドセルを置いて椅子に座ります。

隣の席に座る桐生《きりゅう》くんは、私の到着に気がつき膝の上のノートを慌てて閉じました。

「おはよう、桐生くん」

「お、おは、おはよう、小柳さん」

彼はいたずらを怒られる時みたいな早口と一緒に、閉じたノートを机の中にしまいました。

「何を描いてたの？」

「な、なんでもないよ」

嘘です。隣の席の桐生くんが嘘をついているのを私は知っています。彼は絵を描いていたのです。彼は授業中もよくノートに落書きをしています。上手く隠しているつもりなのかもしれないですが、隣に座っている私からは丸見えです。

彼にはとても素敵な絵を描く才能があるので、もっと周りに披露すればいいのにと思うけれど、彼はそれをしません。大人しく絵を描いているのを、馬鹿な男子達にからかわれたことがあるからです。何度も、何度も。

「桐生くん、人生って虫歯と一緒よ」

「ど、どういう意味？」

「嫌なら早めにやっつけなきゃ。今度絵を描いてるのをからかわれたら、あいつらの顔に唾をはきかけてやればいいわ」

ランドセルを後ろの棚にしまって、もう一度椅子に座ってからそう言うと、桐生くんは私の方を見ずに「む、無理だよ」と小さな声で言いました。

私が「そんな弱々しい態度じゃ駄目よ」と桐生くんにアドバイスをしたところでチャイムが鳴り、同時にひとみ先生が教室に入ってきました。皆、ひとみ先生が大好きなので、先生が教室にいるだけで空気がぱっと明るくなります。

「おはようございます！」

「おーはーよーうーごーざーいます」
クラス委員をやっている荻原くんの号令でひとみ先生に挨拶をして、今日も学校でのつまらない一日が始まりました。

一時間目は算数、二時間目は社会で、三時間目に、昨日先生から私だけが聞いていた幸せについての授業がありました。私は「実は昨日から知っていたのよ」と自慢したくなりましたが、先生に内緒だと言われたので、授業のこともチョコレートのことも秘密にしておきました。

教科書に載っているお話を読んで、それからお話の主人公の気持ちなどを考えていると、幸せについて考える間もなく五十分はすぐに終わってしまいました。するとひとみ先生が今日は四時間目も三時間目の続きをすると発表しました。私は、たった五十分の授業では足りないわ、と思っていたのでひとみ先生のアイデアにとても納得しました。

四時間目の授業では、早速それぞれの幸せについて考えることになりました。二人一組になって、自分が幸せに感じることを言いあい、集めてみるのです。

私のペアは、隣の席の桐生くんでした。桐生くんは自分からはなかなか喋らないので、私が話しあいをリードします。

「昨日ね、クッキーにアイスをのせて食べたの。その時に、幸せを感じたわ」

「へぇ」

「桐生くんは、何かあった？」

「僕は、えっと、おばあちゃんの作ったおはぎが美味しかったよ」

「確かにおばあちゃんの作るお菓子っていうのは美味しいわね」

「うん。お母さんの作ってくれるお菓子も好きだけど。おばあちゃんのとは、種類が違って」

「お母さんがお菓子を作ってくれるの？　いいわね。私のお母さんは夜まで家にいないから」

　こんな風に私達は二人で色々なことを言いあい、ノートに書きました。作業は順調で、途中で見にきたひとみ先生にも褒められたけど、一つ、気になることがありました。どれだけ幸せのことについて喋っても、私が本のことについて言っても、桐生くんは絵を描くことについて何も言わなかったのです。不思議に思ったので、訊《き》いてみました。

「絵を描いている時は、幸せじゃないの？」

「え、ど、どうかな。好き、だけど」

「じゃあそれも幸せの一つね」

「で、でも、描いて、たら、馬鹿にされるから」

「関係ないじゃない！」

思ったよりも大きな声が出てしまって、桐生くんだけじゃなく、クラス全体の空気が私に驚いたみたいで、自分でも驚いてしまった私はこっちを見ていたひとみ先生に「ごめんなさい、盛り上がっちゃったの」と言いました。

ひとみ先生の「皆をびっくりさせないようにね」という優しい声でまた教室がざわざわしはじめたのに紛れて、私は改めて「そんなの、関係ないわ」と桐生くんに言いました。そしてノートに、素敵な絵を描くこと、とメモをとりました。桐生くんは、うつむいて何も言いませんでした。

四時間目が終わって、給食時間も終えて、私は昼休みを図書室で過ごしました。朝よりは多少騒がしくなった図書室ですが、教室よりはよほど居心地がよくて、宿なしハックとの冒険にのめりこむことができました。

昼休みが終わるチャイムが鳴ると、掃除時間になるので教室に帰ってほうきを持ちました。桐生くんも同じグループで、先に教室の掃除にとりかかっていました。

私達が真面目に掃除をしていると、あの馬鹿な男子が運動場から帰ってきて「お前ら絵描いたり本ばっか読んでたり気持ち悪いんだよ」と頭が悪すぎることを言ったので、私は

「気持ち悪いってあんたの顔って意味よ？　知ってる？」と返してあげました。桐生くんにも言い返すように目で合図しましたが、彼はやっぱりなんにも言いませんでした。

五時間目も六時間目も終わって、やっと帰りの会の時間が来て、心待ちにしていた私は「ふぅ」と息をつきました。あとは先生と挨拶をして終わり。そう考えていたのですが、先生からとても重要なお知らせがありました。

「再来週、授業参観があります。皆のお父さんやお母さんには前からお知らせしてあったんだけど、皆のいつもの学校での様子を見てもらうとても大事な日だから、今から回すプリントをきちんとお父さんお母さんに渡してね。これは先生との約束です。皆、いい？」

「はぁい」という皆の声の後、前の席からプリントが回ってきました。私はその内容を読んで、うきうきしながら鞄にしまいました。私は授業参観が好きです。私のとてもかしこい様子をお父さんとお母さんに見てもらえるから。

今度こそ学校が終わって、今日はひとみ先生に呼び出されることもなく、私はいつもと同じように一人で家に帰りました。そしていつもと同じようにランドセルを部屋に置いて家を出ようとして、大事なことを思い出しました。私は部屋に戻ってランドセルから授業参観のプリントを取り出し、リビングのテーブルの上に置いて、改めてお出かけをすることにしました。

マンションの外では、いつものように尻尾のちぎれた友達が待っていました。「ナー」と鳴く彼女に挨拶をして、大きく流れる川に向かって一緒に歩きます。

堤防にのぼると、今日もまた気持ちのいい風が私の髪と彼女の短い尻尾を揺らします。とてもいい気分になった私達は、一緒に歌いました。

まもなく、歌声と一緒にクリーム色のアパートに到着、いつものドアの前に立ってチャイムを鳴らします。一度目、何も聞こえてきません。二度目、ドアは開きません。三度目、チャイムと一緒に彼女が足元で鳴きましたが、何も返ってはきませんでした。

「どうやら、今日はアバズレさんいないみたい」

「ナー」

アバズレさんは忙しいので、いないこともままあります。残念な気持ちは風に流し、私達は諦めて、来た時とは違う道で戻ることにしました。もちろん帰宅するわけではありません。アバズレさんの家から向かう先は、いつも決まっています。

私達は大きいおうちや小さいおうちの間をまた歌いながら歩いて、間もなく私の住んでいる大きなマンションの前を通り過ぎ、いつもの道を通って裏手にある丘の方へと向かいます。道すがら、近所に住む人達に会っては挨拶をしたのですが、無愛想な彼女は短い尻尾をゆらゆらさせるだけで、つーんと顔をそらしていました。

「あなた、人間相手ならまだしも、猫の世界でもそんなんじゃ嫌われるわよ」

彼女はまるで聞こえていないかのように私の先を歩き、丘の入り口に着くやどんどんと木と木の間をのぼっていきました。

そしていつもの広場、木で出来た大きな家に辿り着き、私達は早速玄関のドアをノックしました。

一度目のノックに、返事はありません。

その後何度もノックをして、ドアノブを回し、木の家の周りをぐるぐると回りましたが、おばあちゃんはどうやら留守にしているようでした。

私は空っぽの木の箱の縁に座って、短い腕を組みました。

「アバズレさんもおばあちゃんもいないっていうのは珍しいわね」

「ナーナー」

彼女は食べものが貰えないことを悲しんでいるようでした。

「悲しんでばかりもいられないわ。人生とは給食みたいなものだもの」

「ナー」

「好きなものがない時でも、それなりに楽しまなくちゃ。そうでしょ?」

ということで、彼女は納得していないようでしたが、私達は丘を下ることにしました。

もしかすると、出かけているおばあちゃんとすれ違うかもしれないとも思ったけれど、そんなこともなく、私達は下の公園まで下りてきました。公園では、私より小さな子達がお母さんに見守られながら、かけっこをしています。

さぁて、どうしたものかしら。私は考えます。尻尾のちぎれた彼女はよほど期待を裏切られたのが悲しかったのか、私の足元でごろごろと転がっていました。

私は彼女の代わりにかしこい頭で考えました。そして、一つのことを思い出したのです。

「おばあちゃんの家に行く途中に、分かれ道があるわね」

「ナー」

「そういえば、もう一つの方には行ったことがないわ。行ってみましょう」

まだ地面に横たわっていた彼女の背中をつま先でつつくと、彼女はしぶしぶといった風に立ち上がり、大きなあくびをして再び坂道をのぼりはじめました。

彼女の後ろについて、じんわりとおでこに汗をかきながらのぼっていくと、やがて私の言った通り二つに分かれた道が現れました。いつもは右に行くのですが、今日は初めて左を選んでみます。よく見ると、左の道はゆるやかな段になっていました。運動をすると彼女の機嫌もよくなったようで、私の前をぴょんぴょんと進んでいきます。猫なんて気楽なものです。

五分くらいでしょうか。少しずつ木の匂いが濃くなっていくのを感じながらのぼっていくと、壊れた鉄の門が現れました。魔法のように現れたその門は、数センチだけその口を開けていました。

手をかけると、ざらざらとした手触りのそれは、しゃがれた声で鳴きながらゆっくり動きます。私は少しだけ迷いましたが、尻尾のちぎれた彼女と目をあわせ、せっかくここまで来たのだからと、門の奥に進んでみることにしました。一応、怒られても許してもらえるように、斜め上を見て舌を出す練習を何度かしておきます。

門の中に入ると、今までとは違うきちんとした石の階段がありました。

しっかりと石を踏みしめてのぼっていくと、やがてその階段は途切れ、私達は砂利《じゃり》が敷き詰められた広場のような場所に出ました。

私は、そこで目の前に現れたものに驚いて、そこらへんの空気を一気に飲んでしまいました。足元の彼女は驚いたのかどうか分かりませんが、「ナー」といつも通りに鳴きました。

「こんなところに、こんなものがあったのね」

おばあちゃんの家とは反対側の道の先に、おばあちゃんの家とはまるで正反対のものがありました。それは四角い石の箱、みたいな建物。壁に空いた窓みたいな穴を見ると、二階建てのようで、でもそれが元々なんなのかはまったく分かりませんでした。模様も文字もないその建物は、まさにただの石の箱に見えたのです。そこには、木で出来たあの大きなおばあちゃんの家のような温かさはどこにもありません。

建物に近付くと、入り口と思われるところにはドアすらありませんでした。私は少し迷ってから、ただぽっかりと空いた穴を恐る恐るくぐります。尻尾のちぎれた彼女は緊張なんて食べちゃった様子で、悠々と建物の中に入っていきました。内緒ですが、私はちょっと怖かったので小さな友達の後を追うことにしました。

まず、一階を見て回ります。一階に部屋というものはありませんでした。全ての床が繋がっていて、どこも空っぽでした。人がいる雰囲気なんて、一つも感じられません。ただ、真ん中にある階段だけがこの箱が建物なのだと、上に行くしか道はないんだと言っている気がして、私と彼女は勇気を出してゆっくり階段に足をかけ、それをのぼりました。今日はよくのぼります。

二階も、空っぽでした。窓みたいな四角い穴はやっぱり窓だったみたいで、時々ガラスの破片がついていました。危ないので、もちろん触りません。

二階を見たところで、ああこの建物にはもう何もないんだわ、と思いました。本当は怖いからそういうことにしておいて、早く外に出たかったことは秘密です。

なのに私がすぐに外に出られなかったのは、もう一つ上にのぼる階段を見つけてしまったからです。階段を見上げると、上に空が見えたので、屋上があるのだと分かりました。私は足元の彼女ともう一度顔を見合わせて、屋上に行ってみることにしました。

一歩一歩、ほこりのたまった階段に私達の足跡がきざまれていきます。屋上の高さに顔が出ると、まず日差しが顔を叩き、風が私を慰めてくれました。

それから、体操座りで手首にカッターを押し当てている女の人と目が合いました。

この日、心底驚いた時、人の時間は止まるということを私は覚えました。

そして一瞬の後、時間は急速に加速します。

「うわあああああああああああああああ！」

「うわあああああああああああああああ！」

「ナー」

これが、私と南《みなみ》さんの出会いでした。

3

階段の終点近くに座っていた南さんと私は同時に悲鳴をあげ、尻尾のちぎれた彼女だけが嬉しそうに屋上にかけあがりました。

南さんはカッターをかちゃんと石の床に落とします。私は驚いてから、南さんとカッターと南さんの手首を見比べて、また驚きました。南さんの手首からは、赤い血が滴っていたのです。

「なんてことしてるの！　治療しなくちゃ！」

「あ、あんた、何？」

「ばんそうこう持ってるから、これ貼って病院行きましょう！」

「ちょ、あのね、大丈夫だから騒がないでくれる」

慌てる私に対して、南さんはもう落ち着いていました。後から知ったことですが、さすがは高校生さんです。

私は南さんのお願いを聞くため、ひとみ先生に教えてもらった方法でどうにか落ち着こうと思い、すぅはぁと息をよく吸い込んで吐きました。そうすると私の心に入った空気が隙間を作って、少し大きめのパジャマを着た時みたいに、気持ちがゆるりとするのです。

すーはー。すーはー。すーはー。

何度か深呼吸をして、気持ちがゆるゆるになった頃、私はやっと南さんにハンカチとばんそうこうを差し出すことに成功しました。すると南さんはしぶしぶ「持ってるよ」と言いながら、自分のハンカチで手首を拭きました。私の出したばんそうこうは、屋上の床に置かれたまま使われませんでした。

私は、口をへの字に曲げた南さんの手首を見ながら、思ったことを言いました。

「頭おかしくなっちゃったの？」

南さんはへの字をゆっくりと動かして、退屈そうに答えました。

「かもね」

「なるほど、本当に頭がおかしくなると、自分の腕を切っちゃうのね、じゃあ私にはきっと無理。痛いのは嫌いだもの」

「私だって嫌いだよ」

「それなのに腕を切るなんて、やっぱり頭がおかしいわ」

「うるさいな。さっさとどっか行け」

私は南さんの言うことは聞かず、屋上にあがりました。

尻尾のちぎれた彼女と南さんの横に座って、血が出た手首をそうっと観察します。南さんが嫌そうな顔をした気がしましたが、怪我をしてる人を放ってはおけません。でもやっぱり、その痛そうな切り傷は、見ていると自分にうつってしまいそうな気がして怖くて、私は顔を南さんの顔へと向けました。

「何見てんだよ」

「腕よ、凄く痛そう」

「子どもはさっさと帰れ」

「南さんはどうしてこんなところにいるの？」

「関係ないでしょ。って、その南ってのは何？」

「名前、書いてあるじゃない。小学生でもそれくらい読めるわ」

私は、南さんの紺色のスカートに刺繍《ししゅう》してある文字を指差しました。南さんの服は、制服と呼ばれるもので、その正方形みたいな規則正しさを、いつか私も着てみたいなと思っていました。

けれど南さんは自分で自分のスカートを見て、なぜだか溜息をつきました。

「どうしたの？」

「別に、どうもしない」

「一人なの？」

「……別にいいでしょ、一人でも。誰かと一緒にいる必要はない」

「確かに。それには私も同じ考えを持っているわ」

「子どもの癖に偉そうな喋り方」

「偉くないわ。まあでも、そこらの子ども達よりは、偉いかも。本の素敵さを知っているもの」

「……あんた、嫌われてんでしょ？」

「かもね」

私は南さんの真似事をしました。南さんはしかめっ面のまま、尻尾のちぎれた彼女を見ました。彼女も、南さんを見つめて、首をかしげます。彼女はきっと私と同じことを不思議に感じているのです。彼女は喋れないので、私が代表してそれを訊《き》きます。

「ねえ、南さん」

「あ？」

「どうして腕を切っていたの？」

「……なんで、んなことを会ったばっかりのあんたに話さなくちゃいけないの？」

「いいじゃない。私、言いふらしたりしないわよ」

南さんはしかめっ面のまま、ぷいっと顔をそっぽに向けました。だから、答えてくれないと思ったのだけれど、それは私の早とちりでした。

ややあって、南さんは静かに答えてくれました。

「別に。落ち着くの」

「落ち着くっていうのは、息を吸って心に隙間を作ったり、木で造られたおうちで太陽の匂いをかぐことを言うのよ」

「それと同じように、私は落ち着くんだ」

「おかしな話ね」

「……ためしにやってみる？」

南さんは、血がついて固まったカッターの刃をチキチキチキッと出して私に向けました。

私は慌てて首を横に振ります。

南さんはカッターをしまいながら少しだけ笑ったように見えました。本当は分かりません。南さんの目は、ほとんどが前髪で隠れていましたから。

「私が本当にやばい奴だったらどうすんだ。あんたみたいなガキ、刺されるよ」

「大丈夫よ。南さんからは、嫌な匂いがしないもの」

「何が大丈夫なんだよ」

「嫌な大人の匂いがしないのよ」

「私は、大人じゃないからね」

私は南さんの手首がやっぱり気になって、勇気を出して手を伸ばし、触ろうとしました。

でも南さんはさっと手をひっこめて膝を抱えてしまったので、私の手は空気に線を描きます。

「腕を切って落ち着く人がいるなんて、世界はまだまだ分からないことだらけ」

「子どもの癖に偉そうに」

「ねえ、私、この場所があるなんて知らなかったわ」

「あっそ」

「南さんはいつもここにいるの？」

小さな友人が尻尾を揺らしながら屋上を歩きまわり始めたので、私も立ちあがって彼女の後ろを追いかけます。歩いてみると、思ったよりも屋上は広いことが分かりました。南さんの手首の血が見えるくらい近くに戻ってくると、南さんは「何うろちょろしてんだよ」と言った後、「私も最近見つけた」と言いました。

「ここで何をしているの？」

小さな彼女を胸にかかえあげてくるくるまわっていると、胸元からうめき声が聞こえてきたので放してあげました。彼女は地面がなくなったようにふらふらしながら、南さんの足元でぽてんとこけ、私はそれを見て笑います。

「いじめるなよ」

「いじめてないわ。遊んでるの」

南さんは黒い毛並みが気にいったみたいで、彼女の背中をなでました。彼女が気持ちよさそうに可愛い声で鳴くのを聞いて、おべっかまで使えるなんてやっぱり彼女は悪い女だわ、と私は思いました。

「それで、南さんは何をしているの？　私だったら、こんな広い場所があるなら踊るかな？　南さんもそう？」

「踊らねえよ。別に、座ってたり、空を見たりするだけ」

「あとは腕を切ったりね。よく見たら、何本も切った痕《あと》があるじゃない……本当に死んじゃうわよ」

私が指さすと、南さんは自分の腕を眺めて「ふぅ」と息を吐きました。どういう意味なのかは、分かりません。この話を続けていいのかも、分かりませんでした。南さんは、話をしたいようなしたくないような、そんな難しい顔をしていたのです。子どもの私が、きっとしたことのない顔だと思いました。私はしたい話はするし、したくない話はしません。

私は、南さんのした顔についてアバズレさん達と話しあってみようと思いました。大人のことは、大人に訊《き》きましょう。代わりに、実はもう一つお話ししたいことがあったので、私はそっちに目を向けることにしました。

「ねえ、南さん」

「んだよ、うるさいなあ」

「私、実は南さんは絵を描いてるんじゃないかと思っているんだけど」

「どうしたんだ、突然」

私は、南さんが密かに体の陰に隠していたノートとペンを覗き込みました。私の言いたいことが分かったのか、南さんはすぐにノートとペンをお尻の下に敷いて、あんたが見たのは幻だよ、ノートなんてないよ、という顔をしましたが、私はそれが嘘だと分かるくらいかしこいので、南さんのお尻を指さしながら言いました。

「なぜ、絵を描いている人はそれを隠すのかしら。うちのクラスにもいるのよ、とっても素敵なことなのに、絵を描いているのを知られるのが嫌な子が。どうして、披露するのを嫌がるの？」

「…………」

しばらく、南さんは空を見上げて黙っていましたが、黒い小さな彼女がモンシロチョウを追いかけだすと、また「ふぅ」と息を吐いて、言いました。

「絵じゃない」

南さんは少しだけ間を空けて、まるで勇気を振り絞るように、言いました。

「文章を書いてる」

「文章？　日記を書いているってこと？」

「違う………お話を、書いてる」

「ええ！　すごく素敵！」

一瞬、つぶれてしまうんじゃないかと心配になるくらいギュッと目をつぶった南さんは、私の心から飛び出た言葉に驚いた顔をしました。少し、私の声が大きすぎたのかもしれません。

でも、南さんは私の雄たけびに驚いたんじゃないとすぐに分かりました。南さんは、とても不思議なことに驚いていたのです。

「笑わ、ないの？」

彼女の言葉の意味が、私には分かりません。

「笑う？　笑うですって？　私が？　まだ面白いジョークを読んでもないのに、笑えるわけないでしょう。もし物語を書いている人を笑うって意味だったら、私、本を読んでいる最中にお腹がよじれて死んじゃうわ。南さんは、物語を書いている人を見たらそれだけで面白くて笑うの？」

私の質問に、南さんは首をぶんぶんと右に左に振りました。揺れる前髪、初めてきちんと覗いた南さんの目は、アバズレさんやおばあちゃんと同じで、とても綺麗でした。

「そんなわけない！」

南さんは、首を振るのをやめて私みたいに突然大きな声を出しました。私は驚いたりしません。こんなことに驚いていたら、私は自分にびっくりしすぎてやっぱり死んじゃうことでしょう。

驚いたりしなかった私は、南さんにきちんと正直な今の気持ちをお願いしてみました。

「ねえ、その物語を読ませて」

その言葉にも、南さんは「えっ」と驚いた様子でした。物語があれば、それを読みたいと思うのはとても自然なことだけれど、私ぐらいの歳の子が普通そうじゃないのは知っているので、南さんの驚きは少しだけ分かりました。

「私、さっきも言ったけれど物語の素晴らしさを知っているかしこい子なのよ」

「だから何だっていうの……嫌だよ」

「どうして？　あ、もしかして他に先約があるのかしら？」

「そんなの、ないけど」

「じゃあ、お願い。私に読ませてよ。私、物語の素晴らしさを知っているし、それに、実はね、私いつかは物語を自分で書いてみたいと思っているの」

私のお願いには、顔をぴくりとも動かしてくれなかった南さんが、私が打ち明けた秘密には唇の力を緩めてくれました。それから口元に手を当てて、「うーん」と唸ってから、しょうがなくしょうがなくといった感じでしたが、「なんで初対面のガキに」なんて言って、ついには私にノートを渡してくれたのです。

きっと南さんは知っているのでしょう。女の子の秘密は安くないってこと。誰にも言わなかった秘密。私はいつか出来あがった物語で皆を感動させて驚かせてあげようと企んでいたので、これを人に言ったのは初めてでした。その甲斐あって、私はまた新しい物語と出会うチャンスを手に入れることが出来ました。こういうのを取引っていいます。

「あ、待って」

「なんだよ」

「すっかり忘れてたわ。私、今、宿なしハックの物語を読んでいるんだったわ」

「ああ、私も子どもの頃読んだ」

「私ね、一つの物語を読んでいる途中で他の物語を読まないことにしているの。一つの世界をめいっぱい味わいたいから、そういう決まりごとをしているのよ」

「…………じゃあ返せよ」

南さんは唇を尖らせて、ノートを取り上げてしまいました。その後小声で、「気持ちは分かるけどな」と呟いて、そのノートをまたお尻の下に敷きました。まるで、誰かに見つからないように隠した宝箱みたいに。その想像で、私はますます南さんの書いた物語が読みたくなりました。

「ハックはすぐ読み終わるわ！　そしたら南さんの物語を読ませてね」

「別に忘れてくれていいよ」

「いいえ、忘れない。人生とは冷蔵庫の中身みたいなものだもの」

「んだ、そりゃ」

「嫌いなピーマンのことは忘れても、大好きなケーキのことは絶対に忘れないの」

南さんは唇の端で息を抜くように笑って、それから「偉そうなガキ」と言いました。

私は悪口を言われている嫌な気には全然なりませんでした。それから南さんは、ずっと私のことをガキと呼び続けました。それが子どもを乱暴にした言い方なのだとは知っていたけれど、南さんのガキという言葉には、アバズレさんの言うお嬢ちゃんや、おばあちゃんの言うなっちゃんと同じ、素敵な匂いがつまっていました。

私は、南さんは私のことを友達だと認めてくれたのだと思いました。きっと、南さんも私と同じで物語が大好きだったからでしょう。私は、世界中の人が物語を好きになれば、世界は平和になるかもしれないと思いました。こんなに楽しいことがあると知っていれば、人を傷つけたりしようなんて誰も思わないはずです。

でも、そう思ったからこそ、南さんが自分の腕を傷つけることの意味がよく分かりませんでした。

南さんは自分の腕を切ることについてはあんまり話してくれなかったから。でも、それ以外のこと、例えば本のことについてはしぶしぶながらもきちんとお話をしてくれました。

南さんは私よりもたくさん本や物語のことを知っていました。でも、そんな南さんも、『星の王子さま』をきちんとは分からなかったみたいで、私は高校生さんでも分からない問題を解けるおばあちゃんは凄いと思いました。南さんは、砂漠のキツネが好きだと言いました。

「じゃあ、また来るわね」

「来なくていい。でも、まあ勝手にしたら。別にここは私の場所じゃないから」

「南さんの物語、楽しみにしているわ」

「知らん」

「もう腕を切っちゃ駄目よ」

南さんは何も答えず、私と尻尾のない彼女に向かって追い払うように右手を振りました。

私は黙って夕焼け空を眺める南さんを見ながら、友達と一緒に、慎重に階段を下りていきました。

今日、私の日常にまた、歩いていく場所が増えました。

「しっあわせはー、歩いてこないー、だーかーら、歩いていくんだねー」

「ナーナー」

猫なで声を出す彼女と歌いながら山を下りていくと、小さな公園には、もう子ども達はいませんでした。

その代わり、一人の大人が、まるで揺れていないブランコに、とても悲しそうな顔で座っていました。私はその人のことがとても気になりました。その人のことを、私はどこかで見たことがあるような気がして、でもそれが誰なのか全く思い出せなかったのです。

だけれど私は追いかけてくる時間と、置いていこうとする尻尾のない友達の方を気にして、その日はそのまま家に帰ってしまいました。

家に帰ると今日は珍しくお母さんの方が私より先に家についていました。お母さんは私がテーブルの上に残したプリントと手帳を見比べ、私に授業参観についてのとても嬉しい報告をくれました。私はますます幸せについて本気で考えなくちゃいけないとやる気になりました。私はお母さんとの約束を大切な心の宝箱に入れて、柔らかいベッドの中に潜りこみました。

次の日から私は、とても難しい選択を迫られることになりました。

「人生って、かき氷みたいなものよね。たくさん好きな味があるのに、全てを食べることは出来ないの。お腹壊しちゃうもの」

私は選ばなければなりませんでした。アバズレさんと、おばあちゃんと、南さん。全員のところに行って遊んでいてはお母さんとの約束の時間を過ぎてしまいます。だから、行ける場所は多くても二つ。それは、イチゴ味とレモン味とソーダ味の中から二つを選ぶのと同じくらい難しい問題でした。

「それでなんで、私のとこに来てんだよ」

そう言いながら、むすっとした顔で南さんはペットボトルの麦茶を飲みました。

「あら、昨日は勝手にしろって言ったわ」

「学校の友達と遊んでろ」

「学校に友達なんていないわ」

「なんだよ、本当に一人ぼっちかよ」

「それは違うわよ。ちゃんと友達はいる。この子も南さんも」

「私を勝手に友達にすんな」

ふんっと鼻を鳴らした南さんは空を見上げました。私も真似をすると空には鳥が飛んでいました。もしも翼があったら、ベッドで眠る時に大変そうだなと思いました。

「南さんに会いに来たのは南さんのことを全然知らないからよ。私、もっと南さんのことを知りたいもの」

「私のことなんか知らなくていいよ」

「そんなことないわ。人生とは和風の朝ごはんみたいなものなのよ」

「なんだそりゃ」

「知る必要のないことなんてないの」

南さんは少し考えてから、「味噌汁か」と言い、それから「偉そうに」とも言いました。

「偉くないわ。別に偉くなりたくもないし、それより、もっとかしこくなりたい」

「すでに偉そうな奴が偉くなりたくないってのは、おかしな話だな」

「偉くなったら、日曜日に家族でお出かけする時間も作れないんでしょ？　そんなの偉くなる意味、ないわ」

私はそれだけしか言いませんでした。なのに、

「親のこと、言ってんのか？」

南さんがそう言ったのには驚いてしまいました。さすがは高校生さんだと思います。だけど私はそれに頷くのがなんとなく嫌で、黙っていると南さんは体操座りになって膝を抱

えてから「かしこくなるのも別にいいことじゃないかもしれないよ」と言いました。

「そんなことないわ。私、すっごくかしこくなりたいの。物語だって、かしこくならないと書けないでしょ？　バオバブっていう名前の木があるなんて『星の王子さま』で初めて知ったわ。喋る薔薇《ばら》がいることもね」

「んな薔薇あるか」

「え、じゃあバオバブも本当はないの？」

私はバオバブを生まれてこれまで見たことがなかったので不安になりました。でも、南さんはさすがは高校生さんです。

「バオバブはあるよ。百年以上かけて育つ大きな木。地球上で一番大きな木って言われて、一番最初の木っていう言い伝えもある。それにバオバブって枝が根っこみたいな形をしてるんだけど、それは神様が嫉妬深いバオバブの木に怒ってさかさまにしちゃったんだって」

「バオバブが誰に嫉妬したの？」

「自分よりスリムなやしの木や、果実を実らすイチジクらしい」

私は、心の奥から感心しました。

「すっごくユニークで素敵な話ね。やっぱりさすが、南さん」

「別に言い伝えがあるっていうだけだよ。私が作ったんでもなんでもない」

「そうだけどそんな面白い話を知ってるのは、南さんが私よりずっとかしこいからだわ。私もかしこくなって、面白いお話をいっぱい知りたい」

南さんは私にもバオバブにも興味なんてないと言うみたいに「ふうん」とだけ。

でも、南さんが嫌な気持ちでないことはすぐに分かりました。私が他にも面白い言い伝えを聞いてみたくて南さんにお願いすると、彼女は色んなことを教えてくれたからです。

いくつかしてくれた南さんのお話の中で一番素敵だなと思ったのは、英語で「薔薇の下で」というのは「秘密」という意味だというお話です。私はまだ英語を話せませんが、いつか大人になって話せるようになったら、きっと使ってみたいと思いました。

今日は南さんとのお話に夢中になってしまいました。だから気がついたら、おばあちゃんの家に行くこともアバズレさんの家に行くこともすっかり忘れて、私は家に帰る時間を迎えてしまいました。

次の日、私は朝から南さんと昨日のようなお話がしたかったのですが、どんなにつまらなくても学校には毎日行くことになっています。

馬鹿な子は馬鹿なままだし、隣の席の桐生くんはこそこそと絵を隠すので、相変わらず学校はつまらないところだったけれど、一つだけいいことがありました。

昼休み、私が一人で図書室にいると、そこに荻原くんが来たのです。私は迷わず荻原くんに話しかけることにしました。なぜなら、昨日南さんに教えてもらったことを誰かに話したかったけれど、話す相手が誰もいなかったからです。

荻原くんが図書室の端っこにいた私に気がつかずに出ていこうとしたところを、私はさも今ちょうど出ようとしていたような顔で追いかけました。

「荻原くんっ」

「あ、小柳さん。図書室にいたんだね、気づかなかった」

「ええ、何を借りたの？」

私が彼の持っていた本を指さすと、彼は嬉しそうにその表紙を見せてくれました。新しい本を手に取った時の嬉しさを知っている私は荻原くんの表情の意味が全部分かりました。

「『白い象の伝説』ね、私も読んだわ」

「うん、『星の王子さま』と同じでフランスのお話って知って、読んでみたくなったんだ」

なるほど、さすがは荻原くんです。本の選び方も、そして私の話したいことへのレールを敷いてくれることも。

私は、敷かれたレールに乗って、昨日南さんに教えてもらったバオバブの話や薔薇《ばら》の話を、さも自分が最初から知っていたみたいに荻原くんに話しました。荻原くんはいちいち驚いてくれました。こんな話を面白いと思うのはきっとクラスで私と荻原くんくらいのものです。どうしてかというと、もちろんかしこいから。

話しても話しても私は満足しませんでした。だけど、私と荻原くんの会話は突然終わりました。廊下の向こう側、私がほとんど話したことがないクラスの男子が荻原くんの名前を呼ぶと、彼はまるで私と話していたことなんて忘れてしまったように向こうへ行ってしまったのです。しょうがないことです。荻原くんはかしこいだけではなく、友達も多いのです。

結局、話し足りなかったことは、つまらなくない放課後に発散することにしました。青空の下、コンクリートの床の上に座って、私は南さんに今日のことを話します。

「色気づいてんな」

「別にその男の子の髪は茶色じゃないわ」

「そういう意味じゃねえよ」

南さんは今日も口をへの字に曲げていました。でも、別に怒っているわけではありません。私には少しずつ南さんのことが分かってきました。

「そういえば、もうすぐ『ハックルベリー・フィンの冒険』読み終わるわ」

「だったらなんなんだよ」

「南さんの書いたお話が読めるってことよ。すっごく楽しみにしてるの」

「そんなの知らないよ」

機嫌が悪そうな南さんのお尻の下には、いつもと同じ色のノートが挟まっています。きっと私が来るまでお話を書いていたのだと思います。

「じゃあ、また来るわ」

「勝手にしろ」

南さんの「勝手にしろ」はアバズレさんの「またね、お嬢ちゃん」と同じ意味。私は南さんの背中に手を振りました。この日は、それからおばあちゃんの家に寄って南さんにしたのと同じ話をしました。とても、いい日でした。


最近、国語の授業の時間を私は難しい気持ちで迎えます。楽しみなんだけれど、なんだかとても長いのぼり階段の前に立たされているような。つまりはファンタジーの世界で勇者が大きなドラゴンの前に立った時と同じような心なのだと思います。私はドラゴンや長い坂を見ても頑張って立ち向かえるタイプだけれど、中には身がすくんでしまう子もいます。隣の席の彼がそう。

「ねえ、今はどんな絵を描いてるの？」

「え、いや、別に……」

そう答える桐生くんは今日も絵を描くことが幸せだとは自分から言いませんでした。桐生くんがペアで大丈夫なのかしら、私は冒険をともにする仲間に不安を覚えはじめました。隣の席なので、桐生くんと一緒に給食を食べて、それから私はやっぱり一人で図書室に行って、放課後、今日も南さんのところに行くことにしました。理由はきちんとありました。

「冒険には仲間が多い方がいいもの」

「ナー」

尻尾のちぎれた彼女も南さんのことが好きなようでした。私達の見た目は全然違うけれど、人の趣味はとてもよくあうのです。

いつもの屋上、私が来たことを見つけると南さんはぶっきらぼうに「また来たのか」と言いました。もちろん、おばあちゃんの「よく来たね」と同じ意味です。

私は体操座りの南さんの横に、同じ格好で座りました。

「ごきげんよう、南さんはごきげん麗《うるわ》しゅう?」

「んだそりゃ」

とても上品に挨拶したのに、南さんは私の言葉を口に含んで地面にぺっと吐き捨てるように返事をしました。でも、私にはもうばれています。それは、南さんがわざとそう聞こえるようにしているんだって。

「別に麗しくないよ。雨降りそうだし」

「天気予報を見たけれど、今日は雨は降らないって言ってたわ。10パーセントだって。つまり九人は雨が降らないって言ったけど、一人だけ雨が降るって言ったわけよね」

九人に反対されるその一人ぼっちのことを考えると応援してあげたくもなるけれど、そういうわけにはいきません。雨が降るとこの屋上で南さんに会えなくなってしまいます。

「そういう意味じゃねえよ、天気予報のパーセントってのは」

「え、そうなの？」

「あれは、今日みたいな天気の日が昔に何日かあって、そのうち何日雨が降ったかってことだ。つまり10パーセントっていうのは、今日みたいな日が例えば前に十日あって、そのうち一日だけ雨が降ったってこと。だから、一人だけ仲間外れにされてるわけじゃない」

さすがは南さん、と私はまた感心しました。そして、冒険に出るのにぴったりな仲間を見つけたことに、とても嬉しくなりました。

「私が勇者で、この子が妖精、南さんは森に住む賢者でいいかしら？」

「何言ってんだお前」

「今日はね、訊《き》きたいことがあったのよ」

私は早速切り出しました。好きなものは最初に食べちゃうタイプなのです。

「物語のこと？」

「それもあるけれど、違うわ。私ね、今授業でとても難しい問題に取り組んでいるの」

「算数とか？　それくらい自分でやれよ、ガキ」

「違うわよ。算数なら自分で解けるわ。でも、この問題はすごく難しいの。国語の授業でやってるんだけど、幸せとは何か？　って問題よ」

「幸せ………」

「そう。南さんにとっての幸せは何かを聞きたいの。ヒントにするわ」

南さんは、すぐには答えませんでした。足の上に乗った黒い彼女の頭を撫でながら、今日は曇り気味の空を見上げます。

そして、少し経って口を開いた南さんから聞こえてきた声も、曇り気味でした。

「幸せなんて、そんなもん分かんないよ」

「物語を書いてる時は？　幸せじゃない？」

「書くのは楽しいけど、それが幸せかは分からない。幸せって、もっと満たされた状態だろ。こう、心がいい気持ちでいっぱいになるような」

南さんは幸せについて、とても分かりやすく考えを教えてくれました。すぐにそんなことを言えるなんて、さすがは高校生さん。私は早く歳を取りたいと思いました。

「なるほど、だから私はクッキーにバニラアイスをのせると幸せを感じるのね」

そして、私が行くことでアバズレさんやおばあちゃんは心をいい気持ちでいっぱいにしてくれている。私は、この空が晴れてしまいそうな、とても嬉しい気持ちになりました。

「南さんは、どんな時に心がいっぱいになるの？」

今日は血の出ていない南さんの腕を見ます。南さんは自分で切った癖に、かさぶたをさっと手で隠して、それから、声に溜息を雑じらせました。

「ないよ、そんなの」

「ないって、じゃあ幸せなことが南さんにはないってこと？」

「かもね」

南さんは、南さんの真似をした私の真似をしました。

「本を読む時は？　お菓子を食べる時は？」

「楽しいし、美味しい。でも、幸せかは分からない」

南さんはぶっきらぼうを演じるみたいに言いました。

「お母さんと一緒に夜ご飯を食べる時は？」

「私、母親も父親もいないんだよ」

「いない？　別々に暮らしてるの？」

私は、さすが高校生さんだなと思い、

「死んだんだよ」

南さんは、言いました。

私が驚いて、小さな口を開けっぱなしにしていると、南さんは溜息をついて私の唇を指で無理矢理に閉じました。そうして、もう何度目かの溜息をつきます。私の目を見てはくれませんでした。

「死んだんだ。ずっと前、事故で」

南さんは、ぐっとスカートの裾を握りました。

「親が死んで大分経つから、もう泣いたりはしない。でも、幸せじゃないってことくらい、ガキのお前にでも分かるだろ」

南さんは私の目を見ませんでした。だから、まだ気づかれていませんでした。南さんの膝の上の彼女が、私を見ていたので、私は慌てて彼女の小さな目を手で塞ぎます。

「だから、悪いけどお前の宿題は助けてやれ」

南さんの言葉を止めてしまったのは、私です。ついに、南さんに私の目を見られてしまったのです。私の目が言葉を止めたのです。南さんは私の顔を見て、とても綺麗な動きでポケットから、今日は血のついていないハンカチを取り出し、私にくれました。

私は、すぐにそれを使います。

「……やるよ、それ」

私は結局、その日、南さんとそれ以上お話しすることが出来ませんでした。後でよく見ると、南さんが私にくれたハンカチは、私が前にお父さんから買ってもらったものと同じ柄で、もしかすると南さんもいつかお父さんからこのハンカチを買ってもらったのかもしれないと思いました。

南さんと別れて、おばあちゃんの家に行くと、今日もおばあちゃんは家でお菓子を焼いてくれていました。でも、おばあちゃんは私にお菓子をすすめるよりも先に「どうしたんだい？　なっちゃん」と私の名前を呼びました。

私は、おばあちゃんに出されたオレンジジュースを飲みながら、南さんの話をしました。いいえ、本当は、私が南さんの大事なお話をきちんと聞いてあげられなかった話をしました。私はもしかしたらおばあちゃんに怒られてしまうかもしれないと思いました。それくらい、私はひどい子だったのです。でも、おばあちゃんは出来たてのフィナンシェを私にくれました。

「その南さんって子は、嬉しかったと思うよ」

おばあちゃんは不思議なことを言いました。私は首が取れても仕方がない勢いで首を横に振りました。

「そんなことないわ」

「いいや、その子は嬉しかったんだ。きっと、その子は初めて自分のために泣いてくれるなっちゃんに出会ったんだ。だから、大切なハンカチをくれたんだよ」

私は、濡れてくちゃくちゃになったハンカチを見ました。

「だから、気に病む必要なんて全くない。その南さんに、謝る必要もない。だけどね、なっちゃん、一つだけおばあちゃんと約束」

おばあちゃんの目を、私はじっと見てこくんと頷きます。

「次、その南さんと会う時は絶対に笑顔で会うの。もしも、なっちゃんが南さんのことを好きなんだったらね」

「私、南さんのこと好きよ」

「だったら、南さんの辛い思い出よりもいっぱい、なっちゃんの笑顔でいい思い出を作ってあげなきゃ」

「そんなこと、出来るかしら」

珍しく弱気な私の細い肩に、おばあちゃんはそっと柔らかい手を置きました。

「人は、悲しい思い出をなくすことは出来ないの。でも、それよりたくさんのいい思い出を作って、楽しく生きることは出来る。なっちゃんの笑顔は、南さんや私にそうさせてくれるくらいの素敵な力を持ってるよ」

「……そう、かしら」

ハンカチをくれた時の南さんの顔を思い出します。私は、じっと目を瞑《つぶ》って考えました。この、周りの子ども達よりは少しかしこくて、素敵な大人達にはまだ届かない私の頭で精一杯考えます。そうして一つ、あることを決めました。

しばらくぶりに下を向いて目を開けると、光る目を持つ友達と目があって、私は彼女を膝の上からどかして立ち上がります。

「おばあちゃん、私、今日は帰る。急いで『ハックルベリー・フィンの冒険』を読み終わらなくちゃいけないの」

「ああ、そう決めたならそうしたらいい。お菓子は？」

「それはいただくわ！」

甘く柔らかいフィナンシェは、まるで太陽がお菓子だったらこんな味なんだろうなという味をしていました。気づけば曇りがちだった空にも太陽が出ていました。

その日の帰り道、私はまた、丘の下の公園でこの前見た大人の人を見かけました。でも、やっぱり彼が誰なのか、思い出すことは出来ませんでした。

4

あの日から数日後、馬鹿な男子達に悪口を言ったり、弱虫な桐生くんを注意したり、荻原くんに宿なしハックの本をすすめたりした後、このごろ毎日来ていた南さんのいる屋上で、私は空を見上げて、大変に満足な、まるで大きなハンバーグを食べきってしまった時のような満腹の息を吐きました。

私がそうしている理由、南さんにはばれているでしょうに、南さんはずっと前を見たまま毛並みのいい友達の背中を撫でています。

私は、この心の奥から行儀悪く溢れ出る気持ちをどう言葉にすればいいか精一杯考えてから、隣に座る南さんの方へと向きました。

「人生とは、ヤギさんみたいなものね」

「なんだよそりゃ」

「素敵な物語を読むと思うの。私、この本を食べて生きていけるかもって」

「んなわけねえだろ」

「ええ、でも私、今お腹いっぱいよ。すっごく素敵なお話を読んだから」

私はこの興奮で体が爆発してしまわないか心配で、一度深呼吸し、それから息を吐きだすのと一緒にこっちを見てくれない南さんの名前を呼びました。

「南さん！　凄いわ！　こんなお話を書けるなんて！　本当に凄い！」

心から私は南さんへの尊敬を言葉にしました。

前に言った私の秘密、私もいつか物語を書きたいと思っている。でも本当はもう一つ秘密があったのです。実は、私は何度か物語を書いてみようとしたことがありました。でも、試しに書いてみると、全然上手くいかなくて、かっこいいトムや宿なしハックのような登場人物をこの世界に生みだすことなんて全然出来なくて、私は凄く落ち込みました。それはもう、おばあちゃんの焼いたマフィンが半分しか喉を通らなかったくらい。私は、このままやせ細ってしまうんじゃないかとすら思いました。

そんな経験のある私には、びっくりしてしまうような展開や、かっこいい登場人物達を生みだす南さんは、テレビに出てくるどんな偉い人よりも凄い人に思えたのです。

私はどうやったらこんな物語が書けるのか教えてほしくて仕方がありませんでした。でも、南さんはどうしてか突然無口になってしまって、何を言っても、「あっそ」としか答えてくれませんでした。

「私、このお話を皆にも読んでほしいわ」

「やだよ。第一、読んでくれる人なんていない」

「もったいないわよ。こんなに素晴らしい物語、たくさんの人に読んでもらわなくちゃ。人生とは昼休みみたいなものよ」

「お弁当が美味しいねってか？」

「時間が決まっているの、その時間の中で素敵なものに触れなきゃ。私は皆の四十五分でこの南さんのお話を読んでほしいわ」

私は本当のことを言ったのに南さんは「お世辞はいいんだよ」と言って、私の手からノートを取り上げました。南さんは相変わらず、ノートを長くは持たせてくれません。家に持って帰ってすぐに読み終わりたかった南さんの物語。屋上に来ないと読めないので、何日もかかってしまいました。私がジュースやアイスで汚してしまうと思っているのでしょうか。私は清潔が好きだから、そんなことはしません。

「まあいいわ。私が南さんの一人目のファンね。次のお話もとっても楽しみにしてる」

南さんはやっぱりこっちを見ずに手をひらひらと振って、突然空から何かが降ってきたみたいに上を向いて、こんなことを訊《き》いてきました。

「そういえば、幸せが何かの答えは見つかったのかよ」

私の心にはまだまだ南さんの物語が足跡を残していたけれど、人の話を無視しちゃいけないのはひとみ先生から習っていたので、私は南さんからの質問にきちんと答えます。

「いいえ、色々思いつくことはあるのだけれど、皆をびっくりさせて先生に褒めてもらえるような答えはまだ思いつかないわね。実はあんまり時間がないのよ、今度の授業参観で考えの途中まででもいいから皆の前で発表しなくちゃいけないの」

「へぇ」

南さんは、言葉を私に添わせるように相槌を打ってくれました。その相槌は私の体にすうっとしみこんでいくようで、とても心地いい。南さんの膝の上の彼女は、お腹をくすぐられて、やっぱり気持ちよさそうにしています。

「もし何か思いついたら教えてね」

「簡単に思いつくかよそんなもん。でも、そうだな、最近はこうやってこの子の相手してる時はちょっとだけ、いつもより幸せ」

自分が褒められていることが分かるや否や、尻尾の短い彼女は南さんの手を舐めて「ナー」と鳴きました。上目づかいは女の武器だなんて、プレイガールのつもりかしら?

小さな友人をねめつけながら、私は南さんが幸せであることが嬉しくなりました。私は、私の好きな人達は皆幸せになって、嫌いな人は皆いなくなればいいと思っているから。

見ると、南さんの手首のかさぶたは、もう取れていました。

私はその場で立ち上がり、青い空に手が届くように思い切り背伸びをしました。今は棚の高いところにあるコップも取れないほどに小さいけれど、いつかは校庭にあるバスケットゴールに手が届くほどにはなってやろうという背伸びです。

私が立ち上がるのを見ると、小さな彼女はこちらを見て名残惜しそうに南さんの膝の上から下りました。南さんはやっぱりこっちを見ません。

「じゃあね、南さん。また来るわ。次のお話早く書いてね、楽しみにしてるから」

「勝手にしろ」

「そうだ！　幸せが何かって答え、まだ分からないけど、でも私は南さんの物語を読めて幸せだったわ」

南さんは、また何も言わないで手をひらひらと振った、と、そう思ったのですが違いました。本当に小さい、子どもである私の声よりもずっと小さな声で言った言葉が、私の耳に風のように届きました。「ありがと」。

南さんのいる屋上を気持ちのいい心いっぱいで離れた後、私は久しぶりにアバズレさんの家に向かうことにしました。久しぶり、といっても何日か行ってなかっただけ。でもその何日かは、私とアバズレさんにとっては、いつもなら会わないはずのない日々なのです。

アバズレさんも、やっぱり私と同じことを思ってくれていました。川沿いにあるケーキみたいなクリーム色の建物、そこにいつものようにいてくれたアバズレさんは、コーヒーを飲みながら私を迎えてくれました。

「久しぶりだね、お嬢ちゃん。元気にしてた？」

「ええ、落ち込んだこともあったけど、私はとても元気よ」

「そうか、お嬢ちゃんがキキでこの子はジジだったのか」

「まだ残念ながら魔法は使えないの。だからどっちかっていうとチャーリーとスヌーピーね。女の子と男の子、猫と犬って違いはあるけれど」

「いつか使えるようになるさ。ほら、入りな。今日はたまたまケーキと、それからミルクもある」

「いただくわ！」

アバズレさんの家でケーキを食べながら、私はここ数日どうしてアバズレさんのところに来られなかったのか、お話をしました。それから、南さんについて、アバズレさんに訊《き》こうと思っていたことも、お話ししました。

「南さんは頭がおかしくはないわ。だって、素敵なお話を書けるんだもの。だけれど、頭がおかしくないのに、自分の体を切るなんて、不思議なことだと思ってしまうわ。アバズレさんには、南さんがどうしてそんなことをするのか、分かる？」

アバズレさんはショートケーキの最後のひとかけらを食べながら眉毛と眉毛の間に力を込めました。アバズレさんの眉毛は私のものと違って、しゃきーんという音が鳴りそうな綺麗な形をしています。

「んー、そういう人はたまに見る。んで、本人から理由も聞くんだ。血が見たいとか、好奇心とか、落ち着くとか」

「南さんも落ち着くって言ってた」

「うん、それで、お嬢ちゃんは納得出来た？」

「全然よ。試しに自分の手首をつねってみたんだけど、ただ痛くて赤くなっただけだったわ」

「そうだろう？　結局さ、やってる人にしか分からないんだと思う。でも、分からなくてもいいんだと思う。特にお嬢ちゃんはさ。お嬢ちゃんはその子の傷を見て、自分を傷つけるなんてやめてほしいと思っただろ？」

「ええ、友達が痛い思いをするなんて嫌よ」

「そうだ。もしお嬢ちゃんが、自分を傷つける理由が分かったとして、もしそんなことを始めたら、私もやめてほしいって思う。だから、分かる必要なんてないと思う。前も言ったように、プリンの甘い部分だけを好きでいられるのは、素敵なことだ」

「だけど、だけどねアバズレさん。私は、南さんの気持ちを分かりたい気持ちもあるの」

「うん。そうだね」

アバズレさんはまるでひとみ先生みたいに指を一本立てました。

「お嬢ちゃん、例えば今、私が頭の中で思い浮かべてる数字が分かる？」

突然の不思議な質問に、私はじっとアバズレさんの目を見て頭の中を覗けないかと試してみました。でも、私にはまだ魔法は使えないので、アバズレさんの頭の中はいつまで経っても見えませんでした。

「は、八？」

「外れ。正解は二十四。ほらね、誰も魔法みたいに人の心を分かるなんて出来ないわけだ。だから、人には考えるっていう力がある。お嬢ちゃんはその友達のことを分かりたい。でも、腕を切る気持ちなんて分からない。だったら、考えてあげるんだ。その子が何を考えているのか、そうして、少しずつ知ってあげればいい。分かる？」

「ええ、凄くよく分かる」

「やっぱり、お嬢ちゃんはかしこい」

アバズレさんは私を褒めてくれましたが、違うと思いました。

本当にかしこいのは、すぐにとても分かりやすい答えをくれたアバズレさんだと思います。私はアバズレさんのゆっくりとした動きを丁寧に丁寧に見てしまいます。熱いコーヒーをカップから飲む綺麗でかしこいアバズレさんはやっぱり、私がなりたい未来の私にぴったりと当てはまりました。それに南さんのように物語が作れて、おばあちゃんのようにお菓子が焼ければ、私は完璧に素敵な大人になってしまうことでしょう。ついでに、魔法も使えるようになれば言うことなし。

かしこくて素敵なアバズレさんに、やっぱり私は今日もオセロで勝てませんでした。帰り際、アバズレさんが「授業参観頑張って」と言ったので、「もちろん、かしこいところを見てもらうわ」と約束をしてから私は夕焼けの下、家に帰ることにしました。

ミルクを飲んで上機嫌な彼女と川沿いの堤防の上を歩きながら、近くに迫った幸せについての発表会に向けて、夕焼けに相談をしました。もしかしたら、アバズレさんが言っていた、考える力は凄く大きなヒントかもしれません。

と、もう少しで堤防を下りる階段にたどり着くというその時。私は何も気にせず進もうとしていたので、道の前から来る彼の存在に、少しだけ気がつくのが遅れてしまいました。

「あら、桐生くん。ごきげんよう」

私が声をかけると、桐生くんは「こ、小柳さん」と言って一緒に歩いていた大人の後ろに隠れました。私が連れていた尻尾の短い彼女も私の後ろに隠れ、この場所の人見知りの多さが面白くて、私はくすくすと笑ってしまいました。

笑いながら、もう一つ嬉しいことに気がつきました。私は、少し前からずっと気になっていたことの答えを知ることが出来たのです。

「こんにちは」

桐生くんと一緒に歩いていた男の人が優しい声をかけてきました。彼は、私が近頃何度も丘の下の公園で見かけていたその人でした。そう、どうしても思い出せなかった彼は、桐生くんのお父さんだったのです。一度だけ、運動会で見たことがあったのですが、その一回きりだったから思い出せなかったのでしょう。私は、喉に詰まったものが取れたような、とてもいい気持ちになれました。

「こんにちは！」

私は元気に、桐生くんのお父さんに挨拶を返します。まだお父さんの後ろに隠れている桐生くん。まるで私がいじめているみたいだからやめてほしいものです。

桐生くんのお父さんは、今日はいつも私が見るひどく落ち込んだ顔はしていませんでした。桐生くんのお父さんも、私のように色々あったけれど今は元気なのでしょう。それは、とてもいいことです。

私と桐生くんのお父さんはありふれたお話をいくつかしました。

「それじゃあ、また今度の授業参観で」

そういう挨拶をしてから私と桐生くん親子はお別れをします。桐生くんは、最後に「じゃ、じゃあね」と言うまで何も喋りはしませんでした。

「あの子、あんなんだけれど、とても素敵な絵を描くのよ」

後から、小さい友達にそう教えてあげると、彼女は半信半疑なのか、首を傾げて「ナー」と鳴きました。単に、人間の男の子には興味がないだけなのかもしれません。

友達と別れ家に帰ると、珍しいことがありました。お母さんが私よりも先に家にいて、しかも夜ご飯まで出来あがっていたのです。それも、私の好きなメニューばかりだったのですから、私はもしかすると自分の誕生日を間違えて覚えていたかしらと思ったほどです。

お母さんの料理は美味しいです。お母さんは忙しいので、近所のスーパーでお惣菜を買ってくることもとても多いけれど、やっぱりお母さんが作ってくれる料理は格別です。

私は大好きなお母さんの大好きな料理を美味しく食べていました。

でも、途中で、「あれ?」と、おかしなことに気がつきました。お母さんが、全く料理に手をつけず私を見ているのです。私はそんなにがつがつしていたかしらと恥ずかしくなりましたが、どうやら、そうではありませんでした。

私がお母さんの方を見ると、お母さんはとても真面目な顔をして、私の名前を呼びました。そのことに、とても嫌な予感がしました。大人、そう、子どもはそんなことはありません、大人です。大人がこういう真面目な顔をする時は、なぜかとても嫌なことを言う時がほとんどなのです。私が好きなひとみ先生のあの真面目な顔とは種類が違います。怖い先生が窓を割った犯人を探す時もそうでした。お父さんが私の誕生日を忘れててプレゼントを買い忘れた時もそうでした。たまに、相手をびっくりさせようとして、とても嬉しいことの前にそういう顔を作る時もあるけど、そういう時はすごく珍しい。

それでも私は、これが私をびっくりさせようとしているお母さんの演技だったらどれだけ素敵だろうと思いました。しかし、そうでないことは、お母さんの言葉が「ごめんなさい」から始まったことで、すぐに分かりました。

お母さんは言いました。お母さんもお父さんも、当日遠くまで出張に行かなくちゃいけなくなった。だから、本当はとても行きたかったし楽しみにしていたし心から残念なのだけれど、授業参観には行けなくなった。

お母さんの言ったことを聞き終わった私は、本当に一秒だけ、部屋の中が暗くなった感じがしました。その暗さにならって、私はその場でただ落ち込んで、唇をとがらせながらハンバーグを食べることも出来たでしょう。

でも、そうはしませんでした。私の心は、一秒間暗くなった感覚と、これまで私がどれだけ楽しみにしていたかという気持ちを、まるで縮んだバネみたいに使って爆発してしまったのです。

「来てくれるって言ったじゃない！」

私の声が大きいこと、お母さんは知っているでしょう。なのにお母さんが驚いた顔をしたのは、私がお母さんに対して怒ったのが久しぶりだったからです。

久しぶり、だったけれど、本当はずっと思っていたことがありました。

「いっつも！　いっつもお母さんは約束を破るわ！　お父さんもよ！」

「本当にごめんなさい。でも、どうしても行けないの」

「どうしていつも仕事を選ぶの！　なんで！」

お母さんは説明しました。仕事が大切な理由。きちんと、私にも分かるように分かりやすく。でも、私はお母さんにそんなことを説明してほしかったわけじゃありません。

私は思いました。お母さんは私のことを分かってない。それはしょうがない。でもアバズレさんの言うように、考えてくれてすらないじゃないって。

だから、そんなこと、絶対に言っちゃいけないってこと、かしこい私は分かっていたはずなのに、言ってしまいました。

「だったら、お父さんもお母さんも仕事が忙しくない家に生まれればよかった！」

お母さんを傷つけてしまったこと、すぐに分かりました。でも、止められなくて、お母さんもそうだったのでしょう。「しょうがないでしょう！」とお母さんが怒鳴るのを聞いて、私はもうそれ以上は何も食べずに部屋に戻り、ベッドにもぐりこみました。

途中までしか食べなかった晩ご飯。お腹はすきませんでした。

人生は、ヤギみたいと言ったけど、もしかしたら宇宙人みたいなものかもしれないと思いました。物語や、嬉しさだけでなく、私は悲しさや失望でもお腹がいっぱいになることをこの時初めて、知ったのです。

でも、やっぱりお腹が空いてお父さんもお母さんも寝ている夜中、私はキッチンにおいてある食パンを食べました。

次の日の朝、お母さんが用意してくれた朝ご飯は、一口も食べませんでした。

5

家に帰りたくなかった私は、放課後尻尾のちぎれた彼女だけを迎えに行って、ランドセルのままアバズレさんのところに行きました。いつもの川沿い、堤防の上を歩き、四角いクリーム色のケーキみたいな建物を目指して歩きました。いつもみたいに私と彼女で歌ったりは、しませんでした。

建物の階段をのぼって、二階の端っこの部屋、いつものドアの前に立ち、チャイムを押します。部屋の中から聞こえるチャイムの音。中からそれ以外の音はしませんでした。

そして、何度押してもアバズレさんが出てくることはありませんでした。どうやら、今日はお留守のようです。仕方がありません。大人は忙しいのです。

私達は来た道を途中まで引き返して、いつもの丘に向かいました。丘の下、桐生くんのお父さんがよくいた公園から左右に分かれるのぼり道、今日は、おばあちゃんの家に続く右の道を選びます。南さんのところへは昨日も行ったから、まずはおばあちゃんのところに行こうと思ったのです。

今日も毛艶のいい彼女と私はおでこに汗をにじませながら、丘をのぼっていきます。友達に会ってお話をすれば、少しはこの心が晴れてくれるかもしれない。そう願いながら。だけれど、おばあちゃんの家で私の心が晴れることはありませんでした。大きな木の家の大きなドアは、何度ノックしても声を返してくれることはなかったのです。

私は溜息をついて、私より小さな友達を見下ろしました。

「大人達は皆、私をほっておくのね」

「ナー」

こうなったら、私の知る大人達の中では一番私に近い、南さんに会いに行くしかありません。

丘を下り、今度は左手の階段をのぼっていきます。黒くて小さい彼女はいつもと同じように元気に、軽やかにその体を弾ませました。でも、私の体は時間が経つごとに、まるで体の中心に鉄のボールを一球ずつ入れられているみたいに、重たくなっていくのを感じました。

いつもの鉄の門を開け、更に階段をのぼって広場に出ると、冷たく大きな箱が、まるでそこにぽんと置いてあるだけのように今日も建っていました。

箱の中に入って屋上まで行くと、南さんは私を待ってくれていました。

私は、何も言わずに南さんの隣に座ります。尻尾のない彼女のここでの定位置は、南さんの膝の上です。

そこで、私はやっと気がつきました。南さんの様子がいつもと違いました。少しだけ失礼して、南さんの前髪をそっと指でずらすと、奥の目は柔らかく閉じられていました。

「南さん」

声をかけると、南さんはケーキの箱を開ける時くらいそうっと目を開けました。私と片目だけ目が合うと、南さんは「おう」と言ったので、私も「ごきげんよう」と返しました。

「ここは、お昼寝にはとてもいい場所みたいね」

「……また、同じ夢を見てた」

「同じって、どんな夢？」

「子どもの頃の夢だ。よく見るんだ。学校は、楽しかったか？」

「いいえ、全然」

「だろうな。全然楽しそうな顔してねーもん」

南さんはこっちを見ていないようでいて、実はその長い前髪の間から私をこっそり見ていてくれてるようです。私は、私に元気がない話なんてしたくなかったので、話題を変えることにしました。好きなことの話をすれば、私の顔も南さんに元気がないと気づかれないくらいには明るく咲いてくれると思ったのです。南さんの手首の傷がどんどん消えていくように、鉄の塊が消えていってくれると思ったのです。

「私、考えてみたのよ」

「どうして小学校が楽しくないのか、か？　最初から楽しいとこじゃねえんだよ」

「それはその通りだけど、違うわよ。私は考えたの、南さんの物語、どこか本を出している会社に見せてみるのはどうかしら？」

南さんは、珍しくこっちをしっかりと向いて、ぎょっとした顔をしました。

「んなこと、いきなり何言ってんだよ」

「南さんの物語をたくさんの人に読んで貰えない理由は、南さんの大切なノートに書いてあるからだって気がついたの。そのままじゃあ、ここに来ないと読めないじゃない。だったら、その物語を本にして貰えばいいのよ。そしたら、図書室に南さんの本が並ぶし、アバズレさんやおばあちゃんにも紹介できる」

「誰だ、そのアバズレってのは」

「私の友達よ」

「変な友達持ってんじゃねえよ」

「変じゃないわ。とても素敵な人なのよ。季節を売るお仕事をしてるの、素敵でしょ？」

南さんは口元を不思議そうに歪めて、「お前は変な奴に近寄るのが好きなのかよ」と言ったので、私は「かもね」と南さんの真似をした私の真似をした南さんの真似をしました。

「南さんのお仕事も素敵よ。南さんの物語を読んだらきっと本を作る会社の人達は南さんを放さないはずよ。そしたら、南さんは毎日物語を書くの。世界中の皆の心にもう一つの世界を作り続けるのよ、マーク・トウェインやサン・テグジュペリみたいに」

「あのな、ガキが簡単に言うけど」

「そして物語は家でも書けるんだから、家族が出来て、子どもが生まれても、一緒に遊んだり、一緒に旅行したり、授業参観に行ったり出来て、その子を寂しがらせることもない」

ぽろりとこぼれた私の心の破片。南さんは、優しくそれを溜息で押し流してくれました。

「簡単に言うな、ガキ」

「ええ、難しいわ。素敵な物語を書くって。だから、素敵なお話を書ける南さんのことをもっと皆に知ってもらいたいの」

南さんは、さっきよりもっと大きな溜息を吐きました。そして、怒っているとも、悲しんでいるとも言えるような声で、でもその感情を決して私に向けることなく、言いました。

「いいか、私の書く話は素敵でも何でもないんだよ。私なんか、ただ文を書くのが好きなだけだ。世界には、私なんかより才能のある奴らがいっぱいいるんだ。それくらい、すぐに気がつく。私なんかの書く話は面白くもなんともない」

南さんは、苦い虫を噛みつぶすように言いました。

「私なんか…………作家にはなれない」

私は、子どもなりに南さんの言葉の意味を受け止めました。

そして考えて、首を傾げました。

「南さんの言っていることはおかしいわ」

「何がよ」

「南さんはもう作家さんでしょ？」

今度は南さんが首を傾げる番でしたが、私には南さんが不思議そうにする意味が分かりませんでした。

「だって、作家っていう人達は、物語を読んだ人達の心に新しい世界を作るから作家っていうんでしょ？　それなら、私はまだ作家じゃないけど、南さんはもう作家よ。私の心の中に、それは素敵な世界を作ったもの」

もちろん、お仕事というものがお金を稼ぐためのもので、作家と呼ばれる人達が本を売ってお金をもらっていることは、子どもの私にも十分に分かっていました。だけれど私は本当に、作家という言葉が職業の名前だとは思っていなかったのです。物語を書いていることと本を売ってお金を稼ぐことを、私はまるで関係のない活動だと思っていたのです。

私にとって作家さんとは、本を売る人ではなく、物語を紡ぎ、人の心に世界を作る素敵な人達、ただそう思っていて、その中には南さんの名前がしっかりと並んでいました。だから、南さんの言うことはおかしいと思いました。

南さんも、それを分かってくれたみたいです。きょとんとした南さんは、何度か息を吸ったり吐いたりをくりかえして、それから口元で少しだけ笑いました。

「そっか」

「そうよ。だから、もっと皆に読んでもらうために南さんの物語を本にしてもらいましょうよ」

南さんは何も答えませんでした。その代わり、前を見てずっと柔らかい笑顔のままでいました。それで、南さんは私のアイデアを使ってくれるんだわと嬉しい気持ちになって、私もまた南さんと同じ表情になって、正面に拡がる空を見ました。

でも、私の嬉しい気持ちは、長くはもちませんでした。

「幸せとは何か」

私が正面の空に体を吸い込まれてしまいそうだなと思っていたら、南さんが突然言いました。

「幸せとは何か、の答えは出たか？」

聞かれて、私は忘れようとしていたことを思い出してしまって、目をコンクリートの床に向けました。

「いいのよ、それはもう」

「答えが見つかったのか？」

「いいえ、でも、もう、いいの」

「なんだそりゃ。あーあ、せっかく答えが見つかったのに」

南さんの言葉に私は驚きました。そして、もういいと思ったはずだし、言ったはずだったのに、南さんが見つけたという答えが気になって仕方なくなりました。

「何？　教えてほしい」

「もういいんじゃないのかよ」

「うん、もういいの、だけど、南さんの考えた答えが知りたいわ」

南さんは、もったいぶったように私の目をじっと、前髪の奥の目で見て、それからやっぱり大事なことは私の方は見ず、ただ前の空を見ながら、ぽつりと床におくように言いました。

「自分がここにいていいって、認めてもらえることだ」

南さんの答えに、私は首を傾げます。

「ここって、屋上？　この建物の持ち主に認めてもらえたの？」

「かもね」

南さんは、南さんの真似をした私の真似をした南さんの真似をした私の真似をしました。

南さんの幸せとは何かの答えの意味、それが私にはまだよく分かりませんでした。やっぱり自分の幸せの答えは、自分で見つけなくちゃいけないんだなと思いました。

南さんと新しく読み始めた本のお話をしていると、空が赤くなり、風も冷たくなって、いつの間にか遠くからチャイムの音が聞こえてきました。

「おら、帰る時間だぞ。ガキ」

南さんにそう言われても、私はいつものように立ち上がって、四本足の友達に声をかけることはしませんでした。

「帰らなくていいのか?」

「帰りたくないのよ」

「親を心配させんな」

「別にいいのよ」

私の言葉に、南さんはくすりと笑いました。

「怒られたのか?」

「怒られたんじゃないわ。喧嘩したのよ」

南さんは、笑ったままこちらを向きました。面白くもなんともないのに失礼しちゃうわ、と少しだけ思いました。

「いいか、ガキ。今から家に帰ると、お前のお母さんはいつもと同じように夜ご飯を用意してくれてる。いつもと同じ、美味しいご飯だ。それを食べる時、一言だけ言うんだ。昨日はごめんねって」

「嫌よ」

「強情な奴だな」

「だって、私よりあっちの方が悪いもの」

「喧嘩の理由なんてどうせくだらないもんだろ」

南さんの言い方に、私は少しむっとしました。

「くだらなくないわ。いっつもいっつも、お父さんもお母さんも、仕事だって言って私との約束を破るの」

「仕事はお前が思うよりずっと大事なもんなんだ」

「分かってるわよ、そう、子どもよりずうっと仕事が大事なの」

「んなことないよ」

「じゃあ、どうしていっつも私との約束より仕事を優先するの？　今回もそう。出張だから、授業参観に来られなくなったって」

「え」

私が言い終わるのと、南さんが何かを言いかけたのはほぼ同時でした。正面から強い風が一度吹きました。突然の風に、私は目を瞑《つぶ》ってしまいます。

やがて風が私の長い髪を弄《もてあそ》ぶのをやめ、私はゆっくりとまぶたを開いて、もう一度南さんの方を見ました。

たった数秒。風が奪ったのは、たった数秒だったはずです。

だから、そんな短い時間で何が起こったのか、すぐには分かりませんでした。

「南、さん？」

まるで、それは触ったら縮んでしまうオジギソウみたいでした。

南さんの顔から、口元から、さっきまでの笑顔が完全に消え去っていました。

前触れのない南さんの変化に、私は驚きます。

「どうか、したの？」

私がきちんと訊《き》いたのに、南さんは、答えてくれませんでした。ただ、無言で首をふるふると横に振るだけ。なんでもない、そう言いたかったのでしょう。でも、それがなんでもなくないことくらい、子どもにでも分かりました。

「ねえ、南さん？」

「おい、奈ノ花」

南さんの声は震えていました。震える声で、私の名前を呼びました。南さんから、ガキ、以外の呼ばれ方をされたのは初めてで、私はおかしな感じがしました。どうして名前で呼ばれたのかも、南さんが震えている理由も分かりません。だから、もう一度訊《き》きます。

「どうしたの？」

「奈ノ花………一つ、私と、約束しろ」

南さんは、私の質問を無視しました。そしてまたも突然でした。南さんは私を体の正面に迎え、私の肩を掴みました。正面から見る南さんの前髪の奥の目は、今までに見たことがない色をしていました。

「や、約束？」

「約束。いや、私からの頼みでもいい。聞け」

「いきなり、どうしたの南さん」

「いいから聞け。一つだけだ。今から帰ったら、絶対に親と仲直りをしろ」

意味が分からない南さんからのお願い。つい首を横に振る私に、南さんは続けました。

「いいか、お前の気持ちは、分かる。寂しかっただろうし、悔しかったんだろ。それで、お前のことだから、ひどいことも言っちゃっただろ。意地になって、引き下がれないのも、分かる。だけど、それでも今日、お前から謝れ。ごめんなさいって、言え」

「い、嫌よ。そんなの、大体……」

「ずっと後悔することになるんだぞ！」

南さんの風を切るような大声に、今度は私が震えました。震えて、南さんの顔を見て、もう一度、震えました。

南さんは、怒っていました。それも、どうしてか、今度はその怒りがしっかりと私に向いているように思えたのです。

何がなんだか、子どもの私にはもうさっぱりでした。そんな私を無視して、南さんは言いました。意味の分からないことを、言いました。

「後悔、してる。ずっと、後悔、してるんだ。あの時、なんで謝れなかったのかって。もう、喧嘩も出来なくなった。怒ってもらうことも出来なくなった。夜ご飯も一緒に、食べられなく、なった」

「南さん……何を、言ってるの」

「私は、もう謝ることも出来ない。だから、頼む」

南さんは目からすうっと一筋、水をこぼしました。私の知る限り、大人の涙ほど、子どもを驚かせるものはありません。

自分が泣いていることに気がついて、それを隠そうとしたのでしょう。南さんは目を無理矢理に袖で拭きました。

「いいか、人生とは、自分で書いた物語だ」

南さんは、私の口癖を真似しました。だけれども、私にはすぐにその答えが分からなかったので、いつも私が訊《き》かれるように、「どういう意味？」と言って首を傾げました。

「推敲《すいこう》と添削、自分次第で、ハッピーエンドに書きかえられる。いいか、別に喧嘩しちゃいけないいんじゃない。でも、喧嘩することと仲直りがセットだってこと、あの時の私には分からなかったんだ。でも、お前はかしこいから、分かるはずだ。お母さんが、授業参観に行けないって分かった時、お前と同じくらい悲しかったこと。一緒に遊べないのが、お前と同じくらいに寂しいこと。それでも、お前に大好きな料理を食べさせるために働いて働いて、その中で、お母さんがお前と夜ご飯を必ず一緒に食べてくれることの意味。お父さんが誕生日には必ずお前の欲しいものを買ってきてくれることの理由を、分かってるはずだ」

「…………」

南さんに言われて、私は思い出の中からそれらをひっぱりだしました。

仕事が終わっていないのに、私と一緒にご飯を食べて、それからもう一度出かけていくお母さん。私が欲しいと言ったぬいぐるみを、近くのお店にないからといって遠くの町まで買いに行ってくれたお父さん。今日の朝、私は怒って口もきかなかったのに、用意された朝ご飯も食べなかったのに、出かける背中に聞こえた「いってらっしゃい」のこと。

私は、思い出していました。

「私みたいに、喧嘩したままもう会えないなんてことになってほしくない」

その言葉でやっとです。私は南さんがどうして大人なのに泣いたのか、分かりました。

「だから、約束してくれ。今日、出来なくてもいい。明日でもいい。でも、絶対に仲直りするって。時間は、戻ってこないんだ」

南さんは、前髪をかきあげて、私の目をしっかりと見ました。初めて見る南さんのまっさらな顔は、アバズレさんみたいに透明で、おばあちゃんみたいに優しくて、素敵でした。

私は友達からのお願いをどうでもいいと思えるような子ではありませんでした。だけれども、すぐに昨日のことを全部忘れてしまえるような頭の悪い子でもありませんでした。

だから、考えました。いっぱいいっぱい考えました。私のちっちゃい頭を使って、たくさん考えました。

何が正しいのか、何がかしこいのか、何が優しいのか。

そして、考え抜いた私は、南さんの顔を見て頷いていたのです。

「分かった。約束するわ」

私の一言に、南さんの目じりに残っていた最後の一滴がこぼれました。

「ありがとう」

「でも、南さん、私にも約束して」

今度は、南さんが不思議そうな顔をする番でした。

「本を出せって？」

「そうね、それもそう。でも、それ以上よ。約束してほしいの。南さんは、幸せがなんなのか分かったんでしょ。でも、幸せじゃないって、前に言っていたわ。私、友達が幸せじゃないなんて嫌なの。だから、お願い。南さんも、書きなおして」

泣いている南さんを見て、あの時泣いてしまった私に渡してくれたハンカチを思い出して、私は、南さんの幸せを願わずにはいられませんでした。友達にはずっと笑っていてほしい、そう願わずにはいられませんでした。

私のお願いに南さんはきょとんとしました。でも、すぐににっこり笑って、ゆっくりと頷いてくれました。

「約束する。うん、約束するよ」

二人、短い小指を合わせて指きりげんまんをする私達を、金色の瞳の友達が見上げていました。きっと、何が起こっているのか彼女には分からないことでしょう。実は、私にも南さんがどうしてこんなにも私とお母さんのことを考えてくれるのか、その理由は分かりませんでした。だけれど、私がお母さんと仲直りをしなくちゃいけない理由は、しっかりと分かりました。

「それじゃあな」

私達と小さな友達が屋上を離れる時、南さんはこっちを見てそう言いました。いつもは手をひらひらとさせるだけなのに、今日はこっちを向いてくれていることが嬉しくて、私は南さんににっこりと笑いかけました。今日、私と南さんは、前までよりもっともっと友達になれたのだと、そう嬉しくなりました。

少し早足で歩いて家に帰ると、もうお母さんが帰っていることは、マンションの下に停まっている青い車で分かりました。

私は、小さな友達と別れてから一度、深呼吸をしました。

そうしてエレベーターで私達家族の家がある十一階にあがり、廊下を歩いてドアの前に立ったところで、もう一つ深呼吸。心に、隙間を作るのです。悲しい、寂しい、悔しい、そういう悪い奴らを、隅に押しやるのです。そうすれば空いた隙間に、私はいくらでも楽しいことを詰め込めるはずだから。そう自分に言い聞かせて。何度も、南さんの顔を思い出しました。

覚悟を決め、私は何度目かの深呼吸を、息を吸った状態で止めました。そのまま鍵を開け、ドアノブに手をかけ、吸った息を全てはきだすつもりで、持ち前の大きな声を家の中に響かせました。

「ただいま！」


給食が終わって、昼休み。掃除の時間の後、いつもなら馬鹿な男子達の騒がしい声が響くだけの教室には、普段はいない大人達がまるでちっちゃい鳥みたいな声を出していました。

今日は、授業参観の日、特別なイベントの日だと分かってはいましたが、実際に来てみると、その居心地の悪さは私が思っていたよりも上の上で、私はとりあえず授業が始まるまでの時間、どうしていいか分からず、机に突っ伏していました。すると、私の体調が悪いと思ったのか、珍しく桐生くんが声をかけてきました。

「こ、小柳さん、大丈夫？」

「ええ、大丈夫よ。お気遣いありがとう」

「小柳さんは、お父さんとお母さん、どっちが来てるの？」

まったく、桐生くんたらたまに自分から口を開いたかと思えば、ろくなことを言いません。

「どっちも来てないわ。仕事が忙しいの」

「そ、そうなんだ」

「桐生くんのところは、あのお父さんが来てるの？」

「ううん、お父さんは仕事だから、お母さんが来てるんだ。あの日、堤防で会った時はお父さんが休みだったんだよ」

桐生くんがいつもよりもよく喋るのは、お母さんが来てくれるのが嬉しいからでしょうか。私は素直に、いいなと思いました。悔しくてお話を続けるのが嫌だったから、私は桐生くんに、桐生くんのお父さんは公園と関係のあるお仕事をしているの？　とは、気になったけど訊《き》きませんでした。

いよいよ授業が始まって、ひとみ先生が私達に挨拶をさせました。クラスの挨拶はいつもより少しだけ大きく、私以外の皆がお母さんやお父さんの前で張り切っているのが見えでした。ひとみ先生が「皆いつもより元気ね」と言ったので、私はやっぱりひとみ先生は的外れだわと思いました。

今日の授業は、これまで考えてきた「幸せとは何か」の答えについて、途中までの考えを発表しあうものでした。クラスの一番前に座っている子から順番に立って、考えを発表していきます。

私と桐生くんは、並んで後ろの方に座っているので、発表の順番も後ろの方。後ろに座っているから、たくさんの大人達がさえずりあうのがよく聞こえて、私はひとみ先生はどうして注意しないのかしらと思いました。

私は、ひょっとしてもしかすると誰かの答えの中に私の幸せのヒントがあるかもしれないと思って、黙って発表を聞いていました。でも、そんなことはありませんでした。皆、おやつのことや、遊びのことなど、私が今までに思いついたけれども捨ててきたアイデアばかりを並べたてたのです。そんな中、一人だけ、本のことを言っていた荻原くんはさすがだと思いました。

段々と段々と、私の番が近づいてきて、ついに横の桐生くんの番になりました。

桐生くんは絵のことを言うかしら、そう少しばかりの期待を向けていた私は馬鹿みたいでした。桐生くんは、おっかなびっくりその場で立ち上がり、書いてきた作文を持ちあげ、三つ前の子が言ったつまらないことと同じことを言ったのです。

「いくじなしっ」

座った桐生くんに私の声が届いたかは知りません。でも、彼は相変わらず何も言い返しませんでした。

それで、私の番がやってきました。

私はゆっくりとその場で立ち上がります。宿題でこの日の発表のために書いてきなさいと先生に渡された作文用紙。それを、読み間違わないようにしっかりと見ます。私の作文、その一文目には、こう、書かれています。

私にはまだ幸せがなんなのか分かりません。

別に、お母さんもお父さんも来ないから宿題をさぼったのではありません。私は、私の小さい頭でいっぱいいっぱい考えました。南さんが出した答えの意味を考えたり、南さんが泣いていたことを思い出したりしました。でも、それでも私にはまだ私の心にすっぽりとはまりこむ形の答えが見つからなかったのです。

嘘をつくのはいけないことです。だから私は、考えて考えてこういう発表を選んだのです。

ひとみ先生の笑顔を見て、俯《うつむ》く桐生くんを見て、こちらを向く荻原くんを見て、私は作文を胸の高さまであげて、読み上げます。読み上げ、ようとしたその時でした。

誰かが廊下を走る音が聞こえてきました。ぱたぱたぱたぱた。それは私達の履く上履きの足音ではありません。まったく、大人になると廊下を走っちゃいけないっていうことも忘れてしまうのかしら。私はそのぱたぱたを無視して、さっさと読み上げてしまうことにしました。

でも、それは出来ませんでした。ぱたぱたは私達の教室の前で止まり、あまつさえ教室の後ろのドアを開けたのです。

もう、誰よ、私の発表の邪魔をするのは。

そう思ったのと同時でした。ひとみ先生が、廊下を走ってた悪い大人を注意するんじゃなく、とびっきりの笑顔を作って、こう言ったのです。

「ちょうどよかった」

何が、ちょうどよかったの？　私が首を傾げると、ひとみ先生は教室の後ろに向けていたとびっきりの笑顔を、なぜだか私に向けたのです。

私は思わず振り向いてしまいました。振り返ってしまいました。

そして、ひとみ先生と同じ顔になってしまった私は、こう、作文を読み上げたのです。

「私の幸せは、ここに今、お父さんとお母さんがいてくれることです！」

私は、アバズレさんとの約束を破ってしまいました。お父さんとお母さんにかしこい私を見せると言ったのに。私は、ただ、馬鹿な子どものようにその時その場で思ったことを言うことしか出来なかったのです。

でも、その言葉には一つも嘘はありませんでした。その先を用意していなかったから、私の発表は誰よりも短いものになってしまいました。それなのに、ひとみ先生はとびっきりの笑顔のまま、私に拍手をくれました。

「どうしても行きたいって、お父さんと話してね、午前中でお仕事切り上げてきちゃったの」

その夜、私達は久しぶりに家族三人でご飯を食べました。どこかのレストランに行こうと言われたのですが、私はお母さんの料理が食べたいと言いました。私のわがままを、お母さんは笑顔で許してくれました。

とっても美味しい大きなコロッケを食べながら、私は、南さんにお礼を言わなくちゃいけないと思い、明日学校が終わったらすぐにあの屋上にちっちゃな友達と行こうと、心の深い部分で決めました。


次の日、学校が終わってから私はすぐに黒色の彼女と待ち合わせて、丘の方へと向かいました。いつもなら誰のところに行くかレストランのメニューを見るよりも迷って決めるのですが、今日は朝から南さんのところに行くと決めていました。

丘の下の小さな公園では、いつものように私よりも小さな子ども達が走りまわっていました。いつもなら、お母さんと一緒に公園に来ている子達を羨ましく思ったかもしれませんが、今日はそんなことはありません。私は、もうお母さん達と私の繋がりを知っているから。

右の坂道と左の階段、私は自分で左の階段を選びます。私のおでこが階段をのぼる前から汗をかいているのは、元気いっぱいのお日様のせいだけではありません。私の頭が、南さんに会える楽しみでいっぱいだからです。

一歩一歩階段をのぼっていく途中、今日は珍しく私達以外の人とすれ違いました。もしかすると、あの建物の持ち主かしら。そうだったら私はいつも使わせてもらってるお礼を言わなければなりません。でもひょっとしたら勝手に入っていることを怒られるかも、と思って私はスーツ姿のおじさんに「こんにちは」とだけ挨拶をしました。おじさんは不思議そうな顔をしていましたが、優しく「こんにちは」と返してくれました。大人はどうしてか、子どもに挨拶はきちんとするように教える癖に、挨拶をされると変な顔をする人がほとんどなのです。

しばらく行くと、いつもの鉄の門が見えてきました。普段は開いていることがほとんどですが、たまに誰かがチェックしに来るのか、閉じている時もあります。

今日は、閉じていました。そして、初めて見る様子がそこに拡がっていました。鉄の門の奥には長く続く階段が見えていたはずなのに、今日はその階段が二人の大人の体で隠されていました。二人の前には、黒と黄色のしましまのテープが張られています。

どういうことかしら？　私が、分からないことを素直に大人に訊《き》こうとすると、二人のうちの一人、私のお父さんより年上に見えるおじちゃんが話しかけてきました。

「お散歩中ごめんね、お嬢ちゃん。ここから先は行けないんだ」

「そうなの？　どうして？」

「上の方で工事してでてね、危ないからここで通行止めにしてるんだよ」

私は首を傾げました。

「工事って、なんの？」

「上の方に古い建物があってね、崩れると危ないから、もう壊しちゃってるんだ」

上に、古い建物は一つしかありません。私は、思わず大きな声を出してしまいました。

「だ、駄目よ！」

大人達は、驚いた顔をしました。

「もしかして、お嬢ちゃん達の秘密基地だったのかな？　でもね、あそこは本当にもう危ないんだ。遊んでたら、いつか下敷きになっちゃうかもしれない」

秘密基地。その言葉は、私と南さんのあの場所の雰囲気にとてもしっくりとくる言葉でした。だから余計《よけい》に、そんなぴったりの言葉を知ってしまった私は、その場所が壊されてしまうことが残念で仕方がありませんでした。何より、南さんの悲しむ顔を見たくないと、そう思いました。

「ねえ、今日ここに高校生の女の人は来なかった?」

「高校生? いいや、見てないな。おい、見たか?」

おじちゃんが隣の若い男の人に訊《き》くと、彼は首を横に振りました。

「待ち合わせをしてたのかい?」

「ええ、そう。ねえ、その工事っていうのは、あの建物を持っている人が決めたの?」

「ん? ああ、そうだ」

それなら、仕方がない。私は思いました。大切にするのも、壊すのも、持っている人が決めることだというのは子どもの私にも分かりました。出来ることなら、大切にしてほしかったけど、会ったこともない私の言うことなんて、大人は聞いてくれないでしょう。

私は、とてもとても残念だったけど、あの建物、そして屋上を、諦めなければならないと知りました。

「ねえ、お願いがあるんだけれど」

私は、優しそうな笑顔のおじちゃんに伝言を頼むことにしました。

「なんだい?」

「南さんという高校生の女の人が来たら、私はあの坂道をのぼった先の大きな家にいるって、伝えてほしいの」

「ああ、約束しよう」

私とおじちゃんは小指を結びあって約束をし、私は尻尾のちぎれた彼女と一緒に階段を下りて、おばあちゃんの家に行くことにしました。

この日、私はおばあちゃんの家でお菓子を食べながら南さんを待ったのですが、帰る時間になっても、南さんは来ませんでした。次の日も次の日も、南さんは来なくて、おばあちゃんに南さんが来たら教えてほしいと言ったけれど、やっぱり私がいない時にも、南さんは来ていないようでした。

しばらくして、南さんと会っていたあの建物のある広場にいくと、そこには砂利《じゃり》が敷かれた地面以外には何もなくなっていて、私はとても寂しい気持ちを、まるでコーンスープにコーンが一粒も入っていなかった時のように味わいました。

結局、それ以来、南さんと私が会うことはありませんでした。

不思議なことがいくつかありました。一つは、同じ町に住んでいるはずなのに、南さんとすれ違うどころか、南さんと同じ制服を着た高校生の女の人を一人も見なかったことです。

もう一つは、南さんから貰って、大切に机の中に入れておいたはずのあのハンカチがなくなってしまったこと。どこを捜しても見つからず、私は残念という言葉では足りないくらい残念な気持ちになりました。

そして、最後の一つが一番不思議なことでした。私は、南さんが書いていた物語がどんな話だったのか、一つも思い出すことが出来なかったのです。あんなに感動したはずなのに、あんなに新しい世界を見たはずなのに、その満腹感は覚えているのに、いくら思い出そうとしても、お話の内容を全く思い出すことが出来なかったのです。

不思議なことは素敵なこと、物語を読んでそれを知っている私でも、南さんとの間に起こった不思議には、何度も首を傾げました。

これが、南さんと私のお別れとなりました。

6

まもなく本格的な夏が来る。そんな中、気温はどんどんと高くなって、私はアバズレさんと一緒に扇風機の風を浴びながら、アイスを食べていました。

「不思議よね、扇風機の冷たい風を当てると、いつもより早くアイスが溶けるの」

「風が吹くとね、アイスにあったかい空気がどんどん送られるんだ」

「こんなに涼しい風なのに？」

「お嬢ちゃんにとってはね。でも、アイスよりはあったかいだろ？」

私はまぶたから目の玉が落ちてしまうんじゃないかと思うくらい感心しました。やっぱり、アバズレさんは私よりずっとずっとかしこいです。

だけど、そんなアバズレさんでも、南さんがいなくなった秘密については、何も分からないようでした。だから南さんのことは、本当に不思議なことなのだと思いました。

「人生とは、スイカみたいなものよね」

「どういう意味だい？」

「ほとんどの部分は噛んで飲み込めるのに、食べてると口の中にちょっとだけ飲み込めない部分が残るの」

「あははっ、そうだね、だけど飲み込めなくてもどこかに埋めたら芽が出てくるかもしれない」

「素敵」

「ねえ、お嬢ちゃん、お腹はいっぱい？」

「全然、夏になったら食欲がなくなるってひとみ先生が言ってたけれど、それも不思議の一つだわ。私、暑い方がエネルギーを使うからたくさん食べなきゃって思うの」

「じゃあお嬢ちゃんにお使いを頼もう。スーパーでスイカの切った奴を買ってきてくれる?」

「行ってくるわっ!」

私は張り切ってアバズレさんからお金を預かり、脱いでいた黄色い靴下を履きました。アバズレさんは、お仕事のお化粧をするためにおうちでお留守番です。アイスもだけれど、スイカも私の大好物。私は友達のアバズレさんが私と同じものを好きなことをとても嬉しく思いました。

「もしかすると、幽霊だったりして」

私が太陽の下に出る前に麦茶で体の中の水を増やしていると、アバズレさんが顔にクリームをつけながら言いました。

「なんの話?」

「南さんのことさ」

幽霊、それは考えてもみなかった南さんの正体でした。私は南さんの顔を思い出してみます。

「だけど、南さんは透けていなかったわ。足もあったし。どちらかというと、幽霊というよりは、トトロの方がぴったりかも」

「あははっ、そうか。じゃあ、お嬢ちゃんが子どもの間にきっとまた会えるね」

確かにそうかもしれないと、思いました。私は、南さんとまた会える日のことを本当に楽しみにしています。

「行ってきまーす!」

靴を履いて、ポケットにお金を入れて、外の日陰でごろごろしていた小さな友達と一緒に近くのスーパーに行くことにしました。

外はとても暑くて、太陽さんだけじゃなく地面も壁も熱い空気を出しているのだから、私は麦茶を飲んできておいてよかったと思いました。あの麦茶がなかったら、スーパーに着くまでにちっちゃいミイラになってしまっていたでしょう。

夏に似合わない黒い毛皮を着た彼女は、日陰を探してそこを歩いていました。彼女は四本の足に、靴も何も履いていないのだから当然だと思います。仕方なく、日陰が全然ないところでは私が彼女を持ちあげて運んであげました。運ばれている途中、彼女はずっと「ナーナー」と歌っていました。私も、それに合わせて歌います。

「しっあわせはー、あーるいーてこーない」

「ナーナー」

大きなスーパーの前に着くと、たくさんの人達が自動ドアから出たり入ったりしていて、私はまるでスーパーがスイカを食べて種を吐いているみたいだと思いました。自動ドアの前に立つと、中からの冷たい風がスーパーの吐息みたいで、私はその心地よさにしばらくじっと立ち止まってしまい、少し人の邪魔になってしまいました。

「じゃあ、ここで待っててね」

「ナー」

彼女を座らせておくのにちょうどいい日陰には先約がいました。彼女よりも何倍も体の大きな金色の犬が、首輪をつけられて座っていたのです。彼女は、彼を怖がることもなく隣にちょこんと座りました。彼女の存在に気がついた彼は彼女を見て、彼女も彼を見て、二人はしばらく見つめ合いました。あら、もしかして恋が始まったのかしら。

悪女である彼女が真面目そうな彼を幸せにできるのか心配になりながら、私は二人の間を邪魔してはいけないと静かにスーパーの中に入ることにしました。

スーパーに入るにあたって、まず私はいつものように警備員さんに挨拶をします。物語の門番みたいに扉の傍で構える警備員さんは、私の挨拶に敬礼で返してくれました。前は彼らのことを出張に来ている警察官なのだと思っていましたが、そうではなくこのスーパーを専門で守る正義の味方だということを以前に魔法使いのように歳をとった警備員さんに教えてもらいました。

スーパーの中に入ると、私の小さな鼻にたくさんの匂いが同時に届きます。

私は大きなスーパーがとても好きです。何度来ても、ここには見たことのないものや、食べたことのないものがたくさんあって、その中には私の大好きなものも埋まっています。図書室で素敵な本を探すのと、とても似た嬉しさを私は感じます。

スイカは、すぐに見つかりました。丸い切っていないものと、三角の切ってあるものがあって、私はアバズレさんと二人分、切ってあるものをスーパーのかごの中に入れました。スイカが並べてある棚には、他に四角いスイカが売っていて、私は生まれて初めて見たそれにびっくりしました。それは買うのに必要なお金も丸いスイカに比べてずっと多くて、やっぱりスイカも皆と違う方が価値があるのね、と納得しました。

お目当てのスイカは見つかったけれど、私はスーパーの中を見て回ることにしました。友達の恋路の邪魔をしたくなかったのと、まだもう少し涼しい場所にいたかったからです。魚を見て、野菜を見て、いつかはおばあちゃんのようになりたいと思ってお菓子の材料コーナーに置いてあったレシピのカードを順番に見ていると、突然、後ろから声をかけられました。

「小柳さんっ」

私はその知的な声に振り向きます。その時の私の顔は、今日の太陽のようになっていたことでしょう。

「あら、荻原くん。お買いもの？」

「うん、お母さんに頼まれて。小柳さんは？」

「私はスイカを買いに来たの、暑いもの」

「うん、確かに暑いね。星の王子さまみたいに、どこか涼しい星に行きたいな」

私は、さすがは荻原くんだと思いました。クラスで『星の王子さま』を読んでいるのなんて、私と荻原くん以外にはいないでしょう。私が荻原くんと話すのは、少し前に私がバオバブの木について教えてあげて以来でした。学校では、荻原くんは大体いつも誰かと喋っているので、この機会に荻原くんと喋れるというのは私にとってとても嬉しいことでした。もう『白い象の伝説』を読み終わっていた荻原くんと、私は物語についてしばらくお話をしました。五分？　十分？　私はついアバズレさんのお使いで来ていることを忘れてしまっていました。

手元のスイカを見て本当の目的を思い出した私は、もの凄く名残惜しかったのですが、大好きなアバズレさんを待たせるわけにはいかないので、荻原くんとお別れをすることにしました。

私と荻原くんは友達ではありません。喋るのは時々だし、一緒にお弁当を食べたことも、一緒にお菓子を食べたこともない。それに、荻原くんは私にだけ話しかけるのではなく、クラスの誰にでもあんな感じなのです。もちろん桐生くんにも。だけれど私は、なぜだか荻原くんとお話しすることが、アバズレさんや南さんとお話をするくらい楽しみなのです。きっと、荻原くんだけがクラスで私と同じくらいかしこいからだと思います。

ぬるくなってしまったスイカを別のスイカと取り替えて、私はやっとレジに並びました。少し並んでからレジのお姉さんにスイカを渡し、お金を払うと、「お使い偉いね」と言われましたが、別に全然偉くなかったので「ありがとう、だけどそうでもないわ」と返しました。

白いレジ袋を貰ってそれにスイカを詰め、さあてアバズレさんのおうちに帰ろう。

そう思った時でした。

私は飛びあがりました。

突然聞こえた、大きな声にびっくりしてしまったのです。

信じられません。

まるで、前に読んだミステリー小説の中のような出来事が起こったのです。

それはスーパーの出入り口の方でした。激しく大きな声が聞こえました。びっくりしてそちらに目をやると、警備員さん二人が、誰かを押さえ付けているのが見えました。その近くには、自分の顔を、まるで傷口を隠すみたいに押さえる他の警備員さん。大きな声は、床の三人が出していました。

「動くな！」

警備員さんの一人がそう叫ぶと、顔を地面に押し付けられた誰かが意味の分からない叫び声をスーパーの中に響かせました。私は、何かは分からないけど、誰かを傷つけようとしているようなその声に、その場から動くことが出来なくなりました。

何が起こっているの？　全く分からなくて、でもとても不安で、精一杯、私のちっちゃい頭で考えていると、私と一緒で立ちつくしていた大人達が、「万引きかしら」と話していました。万引き、それが何かを私は知っています。泥棒です。

あの人は、泥棒をしたのが見つかったから捕まえられているのか。私は納得しました。納得はしたけれど、やっぱりしばらく動くことが出来ませんでした。

私が動けるようになったのは、入り口のところでぱしゃぱしゃと携帯電話で写真を撮っていた人達が警備員さん達に注意を受けている頃でした。私はまだ携帯電話は持っていません。持っていたとしても、悪い人の写真なんて欲しくありません。顔は見えなかったけど、きっと怖い顔をしているに違いありません。スーパーの出入り口から、泥棒をした人はどこかに連れていかれ、スーパーの中は、まだざわざわとしていました。

人が出入り口からだんだんアリみたいに散っていって、私はその隙を見て外に出ることにしました。一秒でも早く、この怖いことがあった場所から逃げ出したかったのです。出る時、ちらりと見ると、さっき戦いが起こっていたあたりに赤い点々が落ちていました。私はすぐに目を逸らして外に飛び出し、暑い空気の中で思いっきり深呼吸をしました。私は心に隙間を作るのに必死でした。暑い空気は、心まで冷えていた私の体にちょうどよく染み込んでくれました。

「ナー」

下を見ると、小さな友達が一人で恨めしそうにこっちを見ていました。彼女といい関係になったはずの金色の犬は、もういません。

「何よその目は。忘れてたわけじゃないわ。色々と大変だったのよ。さっ、アバズレさんのところに戻りましょう」

不満気な彼女を連れ、私は出来る限りさっきの出来事を思い出さないようにしました。歌ったり、意味もなく彼女を運んだり、彼女にあの犬について訊《き》いてみたりしました。だけど、私の心はずっともやもやとしたままでした。この気持ちは、ずっと前に家でお父さんとお母さんが大声で喧嘩をしていた時に感じたものと似ていました。

私は、間違ったことをする人を注意する勇気と正しい心を持っています。もし、あの誰かが私の目の前で泥棒をしたのなら、きっと私は注意をしたでしょう。なのに、間違ったことをした人が捕まえられるのを見ただけなのに、今こんなにももやもやとしているのは、なぜ、なのか。私には分かりませんでした。大変なものを見てしまった。そんな気持ちがあるのです。

アバズレさんの家に着いてからもそのもやもやは続き、アバズレさんがスイカを冷やしてくれている間、私はそのもやもやについて訊《き》くべきだったのかもしれません。だけど、私はあの時のお話をしたくありませんでした。言葉にして、あの光景や音を心の水面に浮かび上がらせたくありませんでした。だから、楽しかった話だけをすることにしました。

「スーパーでクラスの子に会ったの。ちょっとお話ししたわ」

「あ、お嬢ちゃんクラスで友達出来たんだ。よかったね。友達がいないって聞いて心配してた」

「友達じゃないわ。大切なお話もしないし、待ち合わせをして遊んだりもしないもの。それに友達ならアバズレさんや、あの子や、南さん、おばあちゃんもいるわ」

「クラスの子達のことも友達って呼べばいいのに。私や、南さんや、おばあちゃんを呼ぶみたいに。そうしないのは、なんで？」

「そんなの簡単。心と心の距離を感じるからよ」

アバズレさんは何かを言いかけたみたいに口を開きましたが、結局「そっか」と言って薄く笑っただけでした。でも、その後私が続けた言葉でどうしてか、アバズレさんの顔はもっと深い深い笑顔になりました。

「その男の子はね、友達じゃないんだけれど、お話しするととても楽しいの。かしこくて、本のこともよく知ってるのよ。もっとお話ししたいなって思うけど、その子は誰にでも優しいから。クラスの何も考えていない子達じゃなくて、もっと私とお話をすればいいのにと思うわ」

「おお？」

アバズレさんはペンでまぶたにお絵描きするのをやめて私を見ました。アバズレさんの笑顔は、いつものにっこりというものとは違いました。にやにや。こういう笑顔をする時、大人は大抵よからぬことを考えているものなのです。

「お嬢ちゃんはその子のことが好きなわけだ」

「ええ、まあ、珍しく好きなクラスメイトね」

もう一人、勇気さえ持ってくれれば好きになれそうなクラスメイトがいるけれど、今のところその様子はなさそうです。授業参観以来、彼は私から逃げています。

「そうじゃないよ」

「そうじゃない？」

「お嬢ちゃんは、その子に恋をしているんじゃないの？」

言われて、私は自分の顔が破裂してしまうような気がしましたが、きっと気のせいでした。

「それは違うわよ。だって私、彼のこと何も知らないもの」

「そういうことだってあるよ」

「恋って、結婚とかしたいって思うことでしょ。そんなこと、まるで思わないわ」

「結婚だけが、恋じゃないさ」

「じゃあ、恋って何？」

「さあ、分からない。お嬢ちゃんのかしこい頭なら分かるかもしれないけどね」

私は、アバズレさんに分からないことが私に分かるとは思えませんでした。結婚、恋、私だってそういうことがあるのは知っています。でも、物語の中に出てくる恋人達のように私は荻原くんとかけおちをしたいわけではないし、見つめ合いたいわけでもありません。ただ、お話がしたいだけなのです。

アバズレさんが冷蔵庫で冷やしてくれたスイカを一緒に食べながら、私はアバズレさんに訊《き》いてみることにしました。

「アバズレさんは、結婚したい人はいるの？」

「いない。私は、あんまり結婚しようと思ってないからさ」

「どうして？」

アバズレさんは、天井を見上げて「んー」と考えてから、答えました。

「プリン、みたいなものなんだ。子どもの時の恋は、甘い部分だけ見てればそれでいいし、それって凄く素敵なことだ。皆、それは分かってるんだ。だけど、大人になると、プリンには苦い部分があることも分かって、いつの間にか、よけて食べることが悪いことのように思えて、一緒に食べるようになる。だけど、私はコーヒーやお酒と違って、恋の苦い部分が嫌いなんだ。それに、頑張ってそこをよける作業も面倒だから、段々食べなくなってきちゃった」

「難しいのね」

算数や理科よりずっと、そう思いました。

「ま、今は結婚しない人なんてたくさんいるしね」

「私も、大人になっても結婚なんてしない気がするわ。人生とは、ベッドみたいなものよね」

「どういう意味？」

「寝るだけなら、シングルで十分」

アバズレさんは一秒、私の目を見てから、これまでで一番大きな声で笑いました。私は、自分のジョークを喜んで貰えて、とても嬉しい気分でスイカをかじりました。

「意味分かって言ってんの？」

そのアバズレさんの質問の意味こそが分からず、私は首を傾げました。

その日の夜、私は色々なことを考えながらやっぱり十時には眠たくなって、ふかふかのベッドの中で眠りにつきました。

次の日、学校に行くと、信じられない噂が流れていました。

桐生くんのお父さんが、泥棒をして警察に捕まった、というのです。

あんな優しそうなお父さんがそんなことをするはずがないわ、そう思い、桐生くんに噂が嘘であることを宣言させよう、そう思っていたのですが、無理でした。

この日、桐生くんは学校に来なくて、ひとみ先生に訊《き》いても、何も教えてもらうことは出来なかったのです。

数日間、学校に来なかった桐生くんのせいでペアがいなくなった私は、幸せとは何かの時間、ひとみ先生とペアを組みました。それは私にとって全然嫌なことではなく、むしろ楽しいことだったのですが、やっぱり私は桐生くんを取り巻く噂の正体が気になって仕方がありませんでした。なぜなら、もしあの噂が本当だとしたら、私はその場所を見たのかもしれないからです。それに、もう一度言いますが、私にはあの優しそうな桐生くんのお父さんがそんな悪いことをする人には見えませんでした。

久しぶりに桐生くんが学校に来たのは、あの日から、週末を挟んで六日目のことでした。私がいつものように、ひとみ先生が来るぎりぎりの時間に図書室からクラスにとことこと移動していると、桐生くんが下の階段からのぼってくるのが見えました。

「おはよう、桐生くん」

桐生くんが私と同じ高さのところまで来るのを待ってから声をかけると、彼は私に気がついていなかったのでしょう、本当にその場で跳び上がるほどびくっと肩を震わせて、大きな目でこちらを見ました。

「こ、こ、小柳さん」

「久しぶりね。バカンスにでも行っていたの？」

そうならいい。私はそう思っていたのですが、桐生くんは俯《うつむ》いて何も答えませんでした。

「気持ちは分かるわ」

「………………」

「日本は暑いものね。私ももっと涼しいところに行きたい」

桐生くんは少しだけ顔をあげて私の顔を見ましたが、やっぱり何も言いませんでした。

私が教室に入ると、いつもの通り誰も何も言わなかったしこっちを見ることもしませんでした。でも、私の後ろから桐生くんが入ってくると、皆が自分達の話を止め、桐生くんを見たのです。

皆の視線は、こんな季節なのに冷たい風のように感じられました。このままだと弱っちい桐生くんは凍えてしまうんじゃないかしら。心配でしたが、そうならなかったのは、すぐにひとみ先生が教室に入ってきたからです。さすがはひとみ先生。先生が大きな声で挨拶をしながら入ってきて、皆がそっちを見た隙に私達は自分の席に座りました。

私は、ひとみ先生から桐生くんがどうして長く休んでいたのか、説明があるのだと思っていました。でもそんな話はなく、ひとみ先生はまるで桐生くんは一日も休んでいないのよ？　という顔で朝の会をして、教室を出ていってしまいました。

「ひとみ先生！」

私は教室を出ていく先生の後を走って追いかけました。先生の名前を呼ぶと、先生はさっきの桐生くんみたいにはびっくりしませんでした。もしかしたら私が追いかけてくることを分かっていたのかもしれません。そして、私が質問したいことも。振り向いた先生は笑っていたけれど、私はその顔の奥に、大人が嫌な話をする時の真面目な顔を見たのです。

「どうしたの？　小柳さん。次の算数の宿題の見直しは大丈夫？」

「ええ、完璧よ。ねえ先生、教えてほしいことがあるの」

「……何？」

「桐生くんのことよ」

言うと、ひとみ先生は笑顔のまま自分の唇をむぎゅっと噛んで、私を誰も使っていない端っこの教室の前へと連れていきました。内緒の話は、嫌いじゃありません。

ひとみ先生は、しゃがみ込んで私の身長に体を合わせ、いつもとはまるで違う小さな声で囁《ささや》きました。これまで何も教えてくれなかったひとみ先生が、やっと何かを教えてくれることになったのです。私は、一生懸命耳を傾けます。

「小柳さんは、学校に行きたくないって思ったことある？」

「そんなの、毎日よ。だけれど、かしこくなるために来ているの。ひとみ先生にも会えるし」

私が正直に答えると、ひとみ先生は難しそうに笑いました。

「そう、じゃあ、一番来たくない日は、例えば夏休みの後とか、月曜日だったりとか、しない？」

確かに、週末や夏休みが終わった後、何度も魔法が使えればいいのにと願っているので、私はひとみ先生に対して頷きました。すると先生も頷いてくれました。

「そうでしょ、そういう時に学校に来るのは、凄く勇気と、心の力がいるの」

「それに、甘いお菓子もね」

「ええ、そう。だから桐生くんは大切な用事があって学校を休んでいたんだけれど、今日久しぶりに学校に来たのは、凄く勇気と心の力がいることだったの。分かる？」

「分かるわ」

あのいくじなしの桐生くんなら、なおさらでしょう。

私が頷くと、ひとみ先生は嬉しそうに微笑みました。

「甘いお菓子は、先生が用意してあげられるかもしれない。でもね、桐生くんがこれからも今日の勇気と心の力を持っていられるためには、教室に味方がいるの。私、小柳さんには、桐生くんの味方でいてあげてほしいの」

「私、桐生くんの敵になったことなんてないわ」

「ええ、そうよね。だったら、そのままでいてあげればいい。いつもみたいに話しかけて、いつもみたいに隣に座って、いつもみたいに一緒に給食を食べればいい。出来る？」

「出来るわよ、それくらい。桐生くん、頭に角が生えたわけじゃないもの」

先生はくすりと笑いました。その顔は、私があの授業参観で発表した時の顔にすごくよく似ていました。

「うん、小柳さんにお願いできてよかった。もし、小柳さんが味方でいてあげても、桐生くんが辛そうだなって思ったら、先生にこっそり知らせて。桐生くんは、自分からは言いだせないかもしれないから」

「いくじなしだものね」

「そんなことない。今日来ることは、勇気のある子じゃないと出来ない」

桐生くんに勇気がある。ひとみ先生が言った中でそのことにだけは納得がいきませんでしたが、私は頷いて、その場はひとみ先生と別れました。

桐生くんの大切な用事というのはなんだったのだろう。私はそれを考えながら教室に帰りました。後で桐生くんに訊《き》いてみることにします。ひとみ先生はいつも通りに話しかけていいと言ったのだから、別にいいでしょう。

教室に入ると、教室内ではやっぱり桐生くんの周りには冷ややかな空気が流れているようでした。私はその空気を割り開くように、俯《うつむ》いていた桐生くんに近づきます。

「失礼するわ」

そう言って私は桐生くんの垂れた前髪を勝手にかきあげました。桐生くんはとてもびっくりしたようでしたが、私はきちんと断りは入れたので、しっかりと彼のおでこを見ます。確認してから、やっぱりないので席に着くと、桐生くんはびっくりと不思議の混ざった目でこっちを見て来ました。

「ひとみ先生があんまり真面目そうな顔をするから本当に角が生えたのかもと思ったのよ。生えてないならいいわ。突然ごめんなさい」

きちんと説明したのに、桐生くんはびっくりと不思議の混ざった目をやめませんでした。その顔はやっぱり、いつもの勇気のない桐生くんのままでした。

私は、桐生くんの大切な用事について、帰る時に訊《き》いてみることに決めました。私はいつも帰る時は一人だし、桐生くんも帰る時はいつも一人だからです。その時に少しだけ呼びとめて話を聞けばいい。そう思っていたのに、人生とはまさにお父さんみたいなものなのです。

そう、つまり、ままならない。

「おい、お前の父ちゃん、泥棒したんだろ」

それは昼休みのことでした。給食の時間が終わって、ひとみ先生がいなくなり、クラス内が騒がしくなると、校庭に遊びに行く子達や、音楽室にピアノを弾きに行く子達とは別に、数人が桐生くんのところへと寄ってきたのです。その数人とは、あの馬鹿な男子達でした。

私は、飛んでくる泥水は自分の手で振り払う女の子です。だけれど、その時はまだ、ひとまず成り行きを見守ることにしました。桐生くんのお父さんの噂、本当でも嘘でも、きっとこれから桐生くんは嫌なことを言われるというのは分かっていました。でももし、桐生くんに勇気があるなら、自分できちんと言い返せるだろうと考えたのです。だから、桐生くんの答えを聞くために、喧嘩するのを待ったのです。

なのに、桐生くんはいつも通り俯《うつむ》くだけで何も答えませんでした。それはいけない。私は思いました。馬鹿というのは、相手が言い返さないと知ると、自分の方が強いと勘違いしてしまうくらい馬鹿なのですから。

「うちの母ちゃんが言ってたぞ、桐生んとこの父ちゃんが二丁目のスーパーで泥棒して警察に捕まったって」

私は、桐生くんの横顔を見ながら考えました。やっぱり、噂では私が見たあれが、桐生くんのお父さんってことになってるんだって。でも、まだ真実かは分かりません。

桐生くんは何も言わず、誰の方も見ずに俯いていました。

それが馬鹿には気に入らなかったのかもしれません。

「やっぱ、変な絵描いてるような奴の父ちゃんは悪い奴なんだな」

「…………」

「そういや、この前高橋《たかはし》の定規がなくなったの、お前のせいじゃねえのか」

「…………」

「泥棒の子どもは泥棒なんだな、やっぱり。桐生のとこみたいな家族に生まれなくてよかったぜ」

ああ、待ってあげられなくてごめんなさい桐生くん、なんて、私は全く思いませんでした。

「やっぱり、なんて馬鹿なのかしら」

馬鹿な男子達の目が、いっせいに私に集まりました。

「あれ？　私、誰のことを馬鹿って呼んだのか言ったかしら？　自分達で分かっているのね」

「ああ？」

男子達、特に先頭の馬鹿が私のことを睨《にら》みつけます。ちっとも、怖くありません。そんなことよりも私は、桐生くんに対する一つの気持ちが大きくて、そっちが気になって、だから男子達への悪口は八つ当たりみたいなものでした。

本当は大声で桐生くんに対して言いたかったのです。

この、いくじなしっ。

「泥棒の子どもが泥棒？　なんの根拠もないわね。もしかしてあなたは泥棒っていうのを生き物の名前か何かだって思っているの？　もしあなたのその考えを使うのなら、あなたのお父さんとお母さんもあなたと同じで馬鹿だってことになるわね。だけど馬鹿じゃないわ。あなたみたいな馬鹿をちゃんと育てたんだもの。じゃあきっとあなたが勝手に馬鹿になったのね。こーんな馬鹿な子どもを持って、お父さんとお母さんがかわいそう」

男の子の顔はどんどんと真っ赤になっていきました。怒っているのです。反応まで馬鹿。だけど、まだその反応の方が、大切なものや大切な人の悪口を言われても怒れない桐生くんよりはマシだと思いました。私が桐生くんに対してそれを言わなかったのは、ひとみ先生との約束が私の口を止めたからです。

馬鹿な男子達は、今にも何かを私に投げつけてきそうな様子でした。でも、私は彼らと違ってかしこいから、投げる言葉にまだまだ手持ちがあります。

「大体、桐生くんのお父さんが泥棒をしたって、ただの噂でしょ。噂をなんの考えもなく信じちゃうなんて、やっぱり馬鹿ね」

「見たって奴が」

「あなたがその目で見たんじゃないわよね。じゃあ、その人が見間違えたのかもしれないわ、勘違いをしたのかもしれないわ」

「お前には関係ねえだろ！」

「あら、あなただって関係ないでしょ？　それに、もし本当だったとしても」

私があり余る言葉を口から溢れさせていた、その時でした。

「やめてよ！」

大きな声が、教室の中に響きました。私は、その大きな声を出したのが誰なのか、最初分かりませんでした。私の声じゃない。馬鹿な男子の声でもない。聞いたことのない、声。それが桐生くんのものだと気がついた頃、私と男子の間に座っていた桐生くんが、どうしてか、自分を攻撃する男子達ではなく、悲しそうな目で、私の方を見ていることにも気がつきました。

つまりそう、桐生くんは、私に「やめてよ」と言ったのです。

私がどうして桐生くんがそんなことを言うのか分からずにいると、桐生くんはその場で乱暴に立ちあがりました。椅子が倒れて、耳を塞ぎたくなる音が響きます。

そして桐生くんは椅子の音が鳴りやまないうちに何も言わずに教室を出ていってしまったのです。その後は私だけじゃなく、クラスの中の誰もが黙ってしまっていました。きっと、黒板や机や椅子も、黙ってしまっていました。それくらい、クラスの中は静かになりました。

昼休みが終わって、五時間目が来ても、桐生くんは教室に帰ってはきませんでした。帰りの会が終わっても、桐生くんは帰ってきませんでした。

私はひとみ先生に呼ばれ、昼休みにあったことを正直に話しました。私は桐生くんの代わりに喧嘩をしたのに、桐生くんが出ていく時に睨《にら》みつけていたのは私だったことも、正直に話しました。どうすればいいのかひとみ先生に相談すると、先生はこれから桐生くんと話してみるから、それからまた考えましょうと言って、私は帰されてしまいました。

次の日、学校に行っても、桐生くんはいませんでした。

その次の日も、次の日も。

ある日、またひとみ先生に呼ばれ、桐生くんはしばらく学校に来ないということを教えてもらいました。ひとみ先生は「小柳さんのせいじゃないから気にしないで」と優しく言いました。でも私は知っていました。大人がそういう言い方をする時の本当の意味は、「全部は悪くないけど責任はある」だってことを。

私は、桐生くんの代わりをしてあげただけなのに。やっぱり、ひとみ先生はちょっと的外れだと、そう思いました。

雨が降っています。アバズレさんの家に行って、私はあのスイカを食べた日にあったことを全部話しました。黙っていたことは謝りました。正直に、言葉にしたくなかったことを言いました。

アバズレさんは黙っていたことを怒りませんでした。私の話を聞くと、とてもよく分かるというように頷いてくれました。

「お嬢ちゃんは気づいちゃったんだ」

「何に？」

「大人は、怖いってことに」

そう、かもしれないと思いました。だから、お父さんとお母さんが喧嘩していた時と同じ気持ちになったのかもしれません。

私は、捕まった人がもしかしたらクラスメイトのお父さんだったのかもしれないこともアバズレさんに伝えました。もしかしたら、と言ったけれど、あの時の桐生くんの様子から、きっと私はもう、その答えを知っていました。

アバズレさんに、そのお父さんがどんな人か、公園にいたことや、とても優しい人だったことも話しました。するとアバズレさんは溜息を吐きながら「なるほど」と呟きました。

「どうして、泥棒なんてしたのかしら。しかもスーパーでなんて」

お父さんなら、スーパーのものなんて何でも買えるはずです。あそこで一番高いものは、きっとあの四角いスイカのはずだから。

「アバズレさんは、何か分かる？　どうして、そんなことをしたのか、とか」

私は最近、ちっちゃな頭でそのことばかりを考えていました。どうして、どうして。その言葉ばっかりが頭の中を回ります。どうしてあんなことをしたのか、どうしてあの時桐生くんは私を見たのか。

それを、大人であるアバズレさんが分かるなら教えてもらおうと思ったのです。

でも、アバズレさんは首を横に振りました。

「さあ、どうだろう」

アバズレさんに分からないなら、私がいくら考えても分からないかもしれない。私は少し、がっかりしました。

「だから……これはただの想像になるんだけど」

「え？」

「ただの私の想像。真実じゃあない。それでも聞きたい？」

「ええ、教えて」

「多分、その人、泥棒をした人は、終わらせたかったんだ」

「終わらせたかったって、何を？」

「この日常を。なんでもいいから、この連続する日々を終わらせたかった」

「よく、分からないわ」

アバズレさんは、少しだけ笑って、「うん」と頷きました。

「分からなくていい。お嬢ちゃんは、知らなくていい」

「アバズレさんは、分かるの？」

アバズレさんは、答えてはくれませんでした。その代わり、私にゼリーを食べるかと訊《き》きました。私は喜んでミカンのゼリーを貰いましたが、不思議です。前に食べた時より、味が薄く感じられました。

私は、泥棒さんのことの他に、もう一つの悩みであるクラスメイトの男の子についても話しました。とてもいくじなしな子だから、代わりに喧嘩をしてあげたら、彼は私に怒ったのだと、話をしました。それがどうしてか分からないことも、学校に来なくなったクラスメイトにどうしてあげればいいのか分からないことも。

ひとみ先生の言う通り、味方になってあげたのに。

私が話すと、とても真面目な悩みなのにアバズレさんはくすりと笑いました。何かをジョークと勘違いされたのかしら、私が首を傾げると、アバズレさんは笑いながら「ごめんごめん」と言いました。

「いやね、私も子どもの頃、お嬢ちゃんに似てたんだ。気に入らなかったら、本人よりも先に喧嘩を始める。どっちかって言うと、言い返さないその子にムカついてね」

「まさにそのままだわ」

私は、子どもの頃のアバズレさんと似ているということをとても嬉しく思いました。そしてアバズレさんの子どもの頃のことを知りたくもなりました。どんな家族がいたのかしら。どんな友達がいたのかしら。私みたいに決まった口癖はあったのかしら。

「私も、お嬢ちゃんみたいにすぐ口に出しちゃうタイプだったからなぁ。お嬢ちゃんを睨《にら》んだ子の気持ちを、きちんとは分からない。考えることは出来るけど、それがあっているのかも、分からない」

「よかったらその考えを、聞かせてほしいの」

私のお願いに、アバズレさんは「んー?」と首を傾げました。

「いいや、教えない」

「どうして?」

「お嬢ちゃんは、そのクラスの子と、仲直りしたいんだろ?」

「どうかしら、元々、直るほど仲がよくもなかったし」

アバズレさんはまたくすくすと笑いながら、「ホント似てるな」と私に聞こえないかくらいで呟きました。

「仲直りしたいと思わなきゃ、そんなにその子の気持ちを考えないよ」

それは、そうなのかもしれないと思いました。どうして自分がこんなにも考えているのか、分からなかったので、それはちょうどいい答えのように思えました。

「せっかくそこまで考えてるんだから、お嬢ちゃんなりの答えを出して、どうするのか決めるべきだ。だから、私の考えは教えない」

アバズレさんはいたずらっ子みたいな顔をして、口の前に人差し指でバッテンを作ります。そのバッテンの奥で、アバズレさんは「私は諦めちゃったから」と聞こえるか聞こえないかくらいで呟きました。

「分かったわ。自分で考える。でも、人生とはクジャクの求愛みたいなものよ？」

「どういう意味？」

「いるのよ、ヒントはね」

私が指文字を空気の上に書くと、アバズレさんは私の言いたいことをすぐに分かってくれたようです。「品と羽か。相変わらずかしこい」と私を褒めてくれました。

「ヒントね。じゃあ、答えのヒントじゃなくて、考え方のヒントをあげよう」

「うん」

「いいかい」

アバズレさんは人差し指を立てて私に唇を寄せました。私は、大人っぽい口紅の塗られた唇にどきっとしちゃいましたが、きちんと耳をそばだてます。

「皆、違う。でも、皆、同じなんだ」

「へ?」

アバズレさんが言ったことに、私は変な顔をしてしまいました。唇を尖らせて眉毛をへにゃっとさせて、その顔が面白かったのでしょう。アバズレさんは笑いました。きっと私が鏡を見ても笑ったと思います。

だけど、私の顔よりもおかしかったのは、アバズレさんの出したヒントです。

「それはおかしいわ、アバズレさん。それは、あれよ、最強の矛《ほこ》と最強の楯《たて》のお話よ」

「矛盾ね」

「そうそれ。違うのに、同じなんて……」

私は小さい頭の中がぐるぐると回って、目を回してしまいそうでした。

「そう、おかしいよね。だからこのヒントは、ただの考え方のヒントだよ。もうちょっと踏みこんであげよう。お嬢ちゃんは子ども、私は大人、でも、二人ともオセロが好きだ」

「んー、もっと考える必要がありそうね」

アバズレさんは、深く深く頷きました。

「ああ、考えて考えて、お嬢ちゃんなりの答えを出すんだ。私は、それに気がつくのに、時間がかかりすぎた。お嬢ちゃんはかしこくて優しいから、きっと大丈夫」

「アバズレさんになかなか分からなかったことが、私に分かるのかしら」

「大丈夫。そうだ、おばあちゃんなら、私なんかよりもいいヒントをくれるかもしれないよ。相談してみるといい」

「じゃあ、明日行ってみるわ。雨の日は、おばあちゃんの家には行かないことにしているの、泥だらけになっちゃうから」

アバズレさんは優しく笑いながら、窓から空を見上げました。

「明日は、晴れるといいねぇ」

私も、本当にそう思いました。

次の日、私とアバズレさんの願いが通じたのでしょう、空は太陽さんの光をまんべんなく地球に配っていました。濡れた土も、小学校が終わる頃には固まって、私のお気に入りの靴も、尻尾のちぎれた彼女の毛皮のコートも汚れることはありませんでした。

丘の下の公園から、右の坂をのぼっていきます。晴れることは嬉しいのですが、毎日どんどん暑くなっていて、私は全身から汗を流してひからびてしまうんじゃないかと心配します。おばあちゃんの家までの道が縮んでしまうような魔法を使おうとしたのですが、魔法を使えないことをすぐに思い出しました。

山の中は日陰が多く、コンクリートの道よりも、小さな彼女には心地よいようで元気いっぱいに坂をのぼっていきます。

やっとの思いでおばあちゃんの家に着いて、私はいつもの通りにすぐ扉をノックしようとしました。でも、そこで扉に紙が貼ってあることに気がつきました。私は、字が読めない元気いっぱいな友達のために、その紙に書いてあったことを声に出して読みます。

「鍵は開いているから、好きに入っていいよ。なっちゃんへ」

私は、金色の瞳を持つ彼女と顔を見合わせてから木で出来た扉のドアノブに手をかけました。手紙の通り、扉に鍵はかかっていませんでした。

「おじゃまします」

おうちに挨拶をしながら入ると、中はとても静かでした。いつもなら、おばあちゃんがお菓子を焼いている音や、甘い匂いをすぐに感じることが出来るのですが、今日はそれがありませんでした。

「おばあちゃんいないのかしら？」

「ナー」

彼女の足を玄関に置いてある濡れタオルで拭いてあげて、一緒に家に上がります。けれど、やっぱり私達の息遣いと足音以外には何も聞こえないみたいでした。

まず私は、日当たりのとてもいい居間に行きました。おばあちゃんはここで座ってお茶を飲んでいたり本を読んでいることがとても多いからです。でも、そこにおばあちゃんはいませんでした。おばあちゃんがいないだけで、そこはいつもよりもとても広く見えます。広い場所は好きです、なのに不思議です、その居間の広さはとても私の気持ちをざわざわとさせるのです。

ざわざわはあまり気持ちがよくないので、次に私達は家の一番奥にあるキッチンに行くことにしました。もしかすると、今日のおばあちゃんは音と匂いのしない料理をしているのかもしれないと思ったのです。

だけど、そんなことはありませんでした。よく整理されたキッチンには誰もいなくて、その広さと静けさはまた私の心をざわざわとさせました。

どうやら、おばあちゃんはいないみたいです。お買いものにでも行っているのかもしれません。私とちっちゃな彼女はもう一度顔を見合わせて、最初から約束していたみたいに居間に続く廊下に一緒に出ていきました。

お日さまの光が入りにくい廊下は暗くて、私は一秒でも早く通り抜けてしまいたかったのですが、こういう時に走ると怖いものに追い掛けられるというお話を前に読んだことがあったので、一歩一歩、私なんか追い掛けても楽しくないわよと唱えながら廊下を進んでいきました。

居間に行くまでの間にはいくつかの部屋の前を通ります。でも、ほとんどの部屋は空っぽです。ただタンスや机が置いてあるだけで、人の気配がしない空っぽの部屋です。元々はおばあちゃんの家族が住んでいた場所だったのだそうです。中身は、家族と一緒に出ていってしまい、外側だけが残ったのだそうです。

空っぽじゃない部屋は、おばあちゃんの寝室だけです。その部屋には何度か入ったことがありました。そこにはおばあちゃんのベッドと、本棚が置いてあって、そこで私は本を見せてもらったことがあるのです。

おばあちゃんの寝室の前も迷いなく通り過ぎようとして、私はふっと足を止めました。もしかしたらおばあちゃんはベッドで寝ているのかもしれないと思ったからです。私は暗い廊下の色に紛れている彼女に声をかけて、おばあちゃんの寝室のガラス戸をノックしてから開けました。だけど、やっぱりそこにもおばあちゃんはいませんでした。

だから、本当ならすぐにその部屋を出て、温かい日差しの降り注ぐ居間に行くはずでした。なのに、私がその部屋で立ったまま動けなくなったのには、特別な理由がありました。私は、寝室の中に入って、閉まっていたカーテンを開けます。ほどよい光が部屋の中に入ってきて、部屋の中のものの色がはっきりすると、私が見つけたそれの色も一つ一つが命を持ったようでした。

それは壁にかかっていました。私は、一歩、また一歩とそれに近づきます。その数秒、私は小さな友達のことはもちろん、もしかするとおばあちゃんのことも忘れていたかもしれません。

「きれい」

「綺麗」という漢字も書けない子どもである私のその一言には、私が心に思い描いたものの全てがこもっていました。いや、本当は心の中でだけ呟いたつもりだったのに、この世界に漏れてきてしまったのです。

それは、絵でした。いくつもの色が折り重なった、美しい、絵でした。じっと見ていたら、その絵の中に吸い込まれてしまいそうなくらいの力が溢れていて、私は目を離すことが出来ませんでした。

もしかすると、私は本当に少しの間、その絵の中に入っていたのかもしれません。「なっちゃん」、そう声をかけられるまで、いつの間にか横に立っていたおばあちゃんに気がつきませんでした。

いつもなら、突然声をかけられたりしたら私は跳びあがって驚くはずなのに、私はゆっくりとおばあちゃんの方を見ることができました。

「この絵、どうしたの？」

私は、おばあちゃんに訊《き》きました。前にこの部屋に入った時には、こんな絵はなかったはずです。

「前に、友達が描いてくれた絵。ずっと二階の仕事部屋に飾っていたんだけど、あんまり仕事部屋を使ってないから、下ろしてきたんだよ」

おばあちゃんがなんの仕事をしていたのか、そういえば聞いたことがなくて、訊いてみようかとも思ったけれど、今はそれよりも目の前の絵の方が気になりました。

「どうすれば、こんな絵を描けるの」

それは疑問ではありませんでした。後から知ったのですが、この時の私の溜息と一緒に出た呟きはこう呼ばれるそうです。感嘆。

「おばあちゃんには、凄い才能を持った友達がいるのね」

才能、まさしくそうだと思いました。なぜなら私には、これからどれだけ練習したとしても、決してこんな素晴らしい絵を描ける自分を想像出来なかったからです。お姫様になった自分や、社長になった自分は想像出来るのにです。この魔法のような絵はきっと、特別な手を持った人にしか描けないのだと思いました。確信しました。

なのに、おばあちゃんはゆっくりと首を横に振ったのです。

「才能、だけじゃない。これを描いた彼と、同じくらいの才能を持った人はたくさんじゃないけれど、他にもいるの」

「うそぉ」

私には信じられませんでした。こんな絵を描ける人が、この世界に何人もいるなんて。それは、この世界に魔法使いが何人もいると言われるよりもずっとびっくりすることでした。

「思ったよりもいるんだよ、才能がある人っていうのはね。でも、才能があるだけじゃ、こんなに素敵な絵は描けない」

「じゃあ、何？　努力？」

「それも必要。だけど、もっと大事なことがあるの。おばあちゃんはね、この絵を描いた彼よりも、絵を描くことが好きな人を見たことがない。なっちゃんよりずっと長く生きて、たくさんの人と会っても、あの人よりずっと絵のことを考えてる人には、会ったことがないの」

「好きっていう気持ちが、こんな素敵な絵を作るの？」

「ああ、大好きなことに一生懸命になれる人だけが、本当に素敵なものを作れるんだよ」

私は、ちゃんと思い出せないけれど、だから南さんのお話を読んだ私はあんなに感動したのね、と思いました。そして、誰かさんに聞かせてあげたいわとも思いました。

「好きで、才能もあるのに、好きなことを恥ずかしがってるようじゃ駄目よね」

「友達に、そういう子がいるのかい？」

「友達じゃないわ。だけど、その子も絵を描くの。ただ、それをとても恥ずかしがっているのよ。ねえ、おばあちゃん、この絵を描いた人は今、どうしているの？」

「家族と一緒に外国で暮らしているわ」

「そうなんだ、私ね、もしかしたらこの絵を描いた人は、おばあちゃんの恋人なのかもしれないと思ったの」

私は絵から目を離すことが出来ませんでした、だからおばあちゃんがどんな顔をしているのかは分からなかったけど、返ってきたおばあちゃんの声は私とのお話を楽しんでくれているというのがよく分かりました。

「どうして？」

「だって、ここに、ラブって書いてあるわ」

私は絵の右下、端っこを指差します。英語の読めない私にだって、それくらいは分かります。そこには確かに、英語でラブと、

「あれ？」

「うふふっ、なっちゃん、それはラブじゃないんだ。ラブはエル、オー、ブイ、イー。それはエル、アイ、ブイ、イー。リブって読むんだよ。生きるって、意味だ」

絵の間近まで近寄ってみると、おばあちゃんの言う通りそこにはＬＩＶＥと書かれていました。そして、意味は分かりませんが、その後に、エム、イー、とも。

「リブ、何？」

「リブ、ミー。ミーは私をって意味。だから、私を生かしてって意味になる。文法は間違ってるけどね。それは作者のサインなんだよ。そういうジョークさ」

英語のことが分からない私にはそのジョークが分からず、ただ首を傾げるしかありませんでした。

「やっぱり人生とはダイエットみたいなものね」

「努力が結果に出る？」

「ううん、むちむちじゃちゃんと楽しめないのよ。ファッションも、ジョークも」

「なるほど、無知無知か」

「そ、もっと、かしこくならなきゃ」

「なれるよ、なっちゃんなら。さて、じゃあ、お勉強と同じくらい大切なことをしましょうか。なっちゃんにお仕事を頼んでもいい？」

「お仕事？　なあに？」

私が訊《き》くとおばあちゃんはいたずらっこみたいに笑い、もったいぶって、それを私の顔の前に持ちあげました。それが何に使う道具なのか知っている私の顔は喜び色に塗られていたと思います。

「氷を削るお仕事。夏に食べるかき氷は、算数の宿題くらい大事、じゃない？」

「その通りね！」

おばあちゃんはさっきまで、二階にしまっていたかき氷機を捜していたのでした。どうりで、いくら一階を捜しても見つからないはずです。

素敵な絵の匂いを鼻の奥に残しながら、私達は涼しい居間に移動してそこでかき氷を作ることにしました。おばあちゃんの家にある大きな冷蔵庫の下の段から四角い氷を出して、それを私が一生懸命に削ります。おばあちゃんはシロップやスプーンを用意して、尻尾の短い彼女はかき氷を見るのが初めてなのでしょうか、楽しそうに私の周りをぐるぐると回って、途中で目を回してぽてっと尻もちをついていました。

たっぷり出来た雪みたいな細かい氷に、私は真っ赤なシロップをかけました。かき氷はどの味も好きだけど、今日はいちごの気分。おばあちゃんもそうみたいで、私とおばあちゃんは二人でベロを真っ赤にしました。金色の瞳の彼女はというと、せっかくシロップをかけてあげたのにどうやら何もかけてない部分の方がお気に召したみたいで、それなら氷でいいじゃない、と四角い氷をお皿にのせてあげるとそれを夢中で舐め続けていました。もしかしたら彼女のことだから、ベロに色がつくことをはしたないと思っているのかもしれません。

かき氷を食べながら、私は最近あったことを全ておばあちゃんに話しました。アバズレさんに言われたことも。私は、もしかしたらおばあちゃんなら答えをくれるかもしれないと思いました。でも、おばあちゃんも、アバズレさんと同じことを言いました。

「んー、そうだねぇ、やっぱりそれはなっちゃんが自分で考えなきゃいけないかな」

「うん、分かってるわ。だから、おばあちゃんからヒントを貰いに来たのよ」

「ヒントかぁ」

おばあちゃんはかき氷の後、お腹を壊さないように入れたお茶を飲みながら考えてくれました。私も、おばあちゃんからどんなヒントを貰えばいいか、何も考えてなさそうに日陰で眠っている彼女の横で考えます。

先に考えついたのは、私でした。

「ねぇ、おばあちゃん。おばあちゃんの友達、あの絵を描いた人って、どんな人だった？」

「ん？」

「クラスメイトの、学校に来なくなった彼も、絵を描くの。もしかしたら、絵を描く人のことをおばあちゃんはよく知ってるんじゃないかと思って」

「なるほど」

おばあちゃんは、アバズレさんよりももっと柔らかい笑顔になりました。

そして、絵を描く人についてのお話をしてくれました。

「おばあちゃんの友達もだけど、絵描きっていうのは、凄く繊細な人達なんだ。傷つきやすくて、人より弱いところもあって」

「よく分かるわ」

「でもね、誰より清らかで優しい人達でもある。絵を描く人達にはね、世界がまっすぐに見えるんだ。いいことも嫌なことも、他の人達に届くよりももっと直接届く。だから、絵を描く人達の描く絵は、写真とは違うだろ？　絵描きには、世界がああいう風に見えているんだ」

私は、さっき見た絵と、それから教室で盗み見た桐生くんの絵を思い出してみました。

彼らには、この世界があんな風に見えているのだと思いました。それは、まるで魔法のようだと思いました。

私には世界はあんな風には見えていません。でも、もしさっき見たあの絵がこの世界の本当の姿なのだとしたら、世界はなんて美しいのでしょう。

「あんなに美しい世界には、どんな苦しいことも悲しいこともきっとないわね」

「ええ、そう。だけれど、この世界には、苦しいことも悲しいことも、たくさんあるでしょう？　本当は、この世界にそんなことあっちゃいけない。絵描きはね、それを知ってるんだ。だから、苦しいことや悲しいことを、私達よりずっと苦しく、悲しく感じてしまう」

私は、桐生くんがからかわれている時の顔を思い出します。なんとなくだけれど、おばあちゃんの言っていることは納得が出来ました。

「そうじゃなくても、人っていうのは、いいことよりも悪いことの方がよく心に残りやすい」

確かに、私の心にはあの日のスーパーでの場面や桐生くんの目が、形をそのままにとても濃く跡を残していました。あれから今日までたくさんの美味しいものを食べたのに、それらよりもずっと。

私は、南さんの涙を思い出しました。

「物語を書く人も、そう？」

「ああ、そうかもしれない。だけど、物語を書く人よりも、絵を描く人の方が、孤独だと思う。物語っていうのは、言葉でしょ？　言葉は、絵よりもずっと伝わりやすいの」

「じゃあ、私には物語の方があってる。私は心を人に直接伝えたいもの……そうね、やっぱり私にはそれしかないわ」

私が意気込んでかき氷の器を持ったままその場で立ちあがると、おばあちゃんは「うふふ」と上品に笑いました。

「何か、見つかった？」

「うん、弱っちい絵描きの味方になってあげるって先生と約束したもの。まずは、それを伝えなきゃ」

「なっちゃんがそう決めたなら、それがいい。だけど、ひょっとしたらその子は、なっちゃんが思うよりも弱っちくないかもしれない」

「それ、同じことを先生にも言われたわ。だけど本当に弱っちいのよ。そしていくじなしなの。自分の気持ちもはっきり言えないんだもの」

その癖に、私を見る時だけ、あんなに思いのこもった目をするなんて。

その日、おばあちゃんの家から帰った私は、夜ご飯を食べながらも、歯を磨きながらも、ベッドに入ってからも、桐生くんのことを考えました。違う人のことは、分かることが出来ない、だから考えるしかないのです。だけど、いくら考えても、私と桐生くんは違うところばかりで、アバズレさんの言うように同じところなんて見つけることは出来ませんでした。

それと、私はもう一つのことも一緒に考えなくてはなりませんでした。私が味方になることを、どうやって伝えるのかです。手紙？　電話？　メールは、携帯電話を持っていないので出来ません。

だから、やっぱり。

7

次の日、朝の会が終わってから私はまたひとみ先生を呼びとめました。そして、昨日決めたことを、きちんと先生に発表したのです。

「ひとみ先生が桐生くんの家に持っていってるプリント、今日は私が持っていくわ。彼に伝えなきゃいけないことがあるから、それと一緒に」

私の提案に、ひとみ先生は悩んだような顔をしました。それはそうでしょう。先生は、桐生くんが学校に来なくなった理由が、少しは私にあると思っているのですから。先生はそう言わないけど、私、知ってます。

だけど、先生がそう思っていたとしても、私はここで諦める気はありませんでした。

「ひとみ先生は言ったでしょ？　桐生くんの味方になれって。正義の味方は、自分のいるところに来てくれないからって、味方をやめたりしないと思う。弱い人のところに来てくれるのよ」

それから「もちろん悪はクラスの馬鹿な子達」と付け加えました。

ひとみ先生は、まだ悩んでいるようでした。私はもしひとみ先生がこの提案を許してくれなかったら、どうしようかも考えていました。

私は、大好きなひとみ先生の言うことは出来るだけ聞きたいと考えています。だから、もし、ひとみ先生が許してくれなかったら、桐生くんの家に勝手に行くことにします。大人の言うことが正しいとは限らない、そう言ったのは先生だから。

もちろん、子どもである私の言うことなんてもっと正しいとは限らないから、ひとみ先生が悩んだ後に決めたことは、先生が私を信じて決めてくれたのだと分かるものでした。

「分かった。今日のプリントは小柳さんに任せる」

「きちんと、役目を果たすわ」

「ええ、だけど、三つだけ、先生と約束してほしいことがあるの」

ひとみ先生は真面目な顔をして、指を三つ立てました。私が好きな方の、先生の真面目な顔です。今はきっと、私と桐生くんのことを心から考えてくれているのでしょう。

「一つ目、もし、桐生くんに会えたら、先生がいつでも待ってるって伝えてほしいの」

私は驚きました。

「会えなかったの？」

「うん、まだ会いたくないって」

「どこまでいくじなしなのよ」

私が言うと、二つ目の指を先生が折りました。

「二つ目が、それ。桐生くんを責めちゃ駄目。味方になってあげるっていうのは、攻撃したりすることじゃないわ。だから、絶対に無理矢理、学校に来なさいなんて言っちゃ駄目」

先生の言うことは納得が出来ました。悪い子を叱るのも正義の味方の役目です。でも、桐生くんはいくじなしだけれど今のところ悪い子じゃありません。だから、攻撃しては駄目なのです。

「最後は？」

「うん、三つ目はね、クラスの子達を悪いなんて言わないで。皆も小柳さんと同じくらい、桐生くんのことを心配してるわ」

その言葉を聞いて、私は思いました。

ああ、先生はやっぱり的外れ。

最後の約束にだけ、頷かなかったこと、先生は気がついたでしょうか。教室に帰って私は、クラスで騒いでいる子達を見回してみました。クラスの子達は、まるで桐生くんが最初からこのクラスにいなかったみたいに、いつもと同じく何も考えていない顔をして、この時間を過ごしていました。誰一人、桐生くんのことについて話したり、桐生くんのことについて先生に何か訊《き》いていたような子はいなかったのです。そう、誰一人。

だから、先生の言ったこと、三つ目だけは嘘です。絶対に嘘。

それが嬉しいことなのか、悲しいことなのかは分かりませんが、子どもである私の勘違いや間違いでないことは、その日すぐに証明されることになりました。

昼休み、私は、呆れてものも言えなくなりました。

「なんだよ、お前、あんな泥棒の子どものためにそんなことやってんのかよ。お前、桐生のこと好きなのか」

馬鹿な顔を引っ提げて、ニヤニヤしながら馬鹿な男子が言ってきたのは、私が昼休みに自分のノートを紙に書き写している時でした。馬鹿な男子の言う通り、それは桐生くんにあげるためのものでした。どうせ家に行くのだから、私の綺麗な字で授業のことも教えてあげましょう、と考えたのです。

私は、本当の馬鹿を相手になくしかけた日本語をどうにか口の中に戻して、溜息と一緒に質問に答えてあげました。

「ええ、少なくともあなた達よりは桐生くんの方が好きよ。彼、弱っちいけど、絵を描くのが上手いもの」

「あんなもん描いてるから、弱くなるんだよ」

それはそうかもしれない。おばあちゃんの話を思い出してそう思いましたが、馬鹿な人が一つもっともらしいことを言ったからといって、それまでの百の間違いが許されるわけではありません。私は、無視してノートの書き写しを続けました。

私が無視しているのが気に入らなかったのでしょうか、馬鹿な男子はさも、ありもしないプライドが傷つけられたような顔をして「無視してんじゃねえよ!」と言いました。

それでもまだ私が無視をすると、男子は乱暴に私が文字を書いていた紙を取り上げ、腕をあげてそれをクラスの子達に見せびらかしました。

「こいつ桐生のこと好きらしいぜ!」

男子の大きな声を聞いて、クラスの中にいた子達がざわざわとこっちを見ました。馬鹿な男子はそれで自分が優位に立ったつもりなのか、勝ち誇った目でこちらを見ました。馬鹿、ここに極まります。私は馬鹿な男子に自分の馬鹿さ加減を教えるため、大きな大きな溜息をつきました。

「自分が馬鹿だって、皆に見せびらかしたいのは分かったから、返しなさい」

私が立ち上がって、馬鹿な男子の手から紙を取り返そうとすると、男子はひらりと体をひねって私の手から紙を逃がしました。

この時、この場面を見て、どちらが悪いか、一秒でも考えれば誰しもが分かったはずでしょう。だから本当なら、クラスの皆は、馬鹿な男子が紙を私に返すよう説得出来ただろうし、男子のすぐ後ろにいた子なんて、紙を取り上げて私に返すことも出来たはずです。なのに、皆はそうしなかった。桐生くんが休んでいて、隣に座っている私がいつも彼のために戦っているのも見ているはずなのに、それをしなかった。

だからやっぱり、ひとみ先生の言っていたことは、嘘なのです。

私は、もう一度溜息をついて、馬鹿な男子に、こう質問しました。

「返さないのね？」

男子は無視をしました。私は、溜息とは逆に、これから話す言葉の量にちょうどいいだけの空気を胸に溜めます。

先生と約束しました。味方を責めちゃいけない、と。

「人から勝手に取ったものを返さないなんて、あなた泥棒ね」

つまり敵なら、どれだけ責めたっていいのです。

馬鹿な男子は、顔を真っ赤にして私を睨《にら》みました。

「泥棒、の言葉の意味を知ってるかしら？　知ってるわよね、何度も言ってるものね。泥棒って、人のものを勝手に取る人のことを言うのよ？　じゃあ、あなたも泥棒じゃない。しかも桐生くんのお父さんが泥棒をしたってことは、私、見てないから本当かどうか分からないけど、あなたが泥棒だっていうのは本当よ。だって、ほら、私のものを勝手に取ったじゃない」

男子の顔は、どんどん赤くなっていきます。このまま行くと爆発しちゃうんじゃないかしら。だけど、私の言いたいことはまだ終わっていません。だから、もし爆発したなら謝りましょう。

「泥棒は悪いことだわ。そうでしょ？　そう思ったから、桐生くんを責めたんでしょ？そうね、じゃあ、また、あなたの言ってたことを採用するとしましょう。そうしたとして、もし、桐生くんのお父さんが泥棒という理由で桐生くんが泥棒になるのだとしたら、ああ、あなたの家族、みーんな泥棒ね。ひどい家族！　あなたのお父さんもお母さんも皆、泥棒。おじいちゃんもおばあちゃんも？　本人じゃなくても、関係があることが悪いことだとしたら、もしかしたらあなたの友達だって泥棒かも、いやっ、もしかしたら同じ教室の中にいるだけで泥棒になっちゃうのかしら。そしたら私も泥棒なのかも、そんなの嫌よ、私はあなたと違って」

「うるせえっ！」

馬鹿な男子の金切り声が、私の耳に届いた瞬間、私の目には別のものが届いていました。遠ざかっていく男子、低くなる自分の身長、勝手に見上げた天井。

いきなりのことで私が自分の状況に気がつくのには、少しの時間がいりました。呆然としていると、少しずつ左の肩に受けた衝撃と、右の二の腕の痛みが私の頭に届いて、私はやっと自分が突きとばされて倒れたことを知りました。横では、私が倒れる時にひっかかったのでしょう、椅子が私と一緒に倒れています。

見てすぐに分かる。それは、乱暴、暴力。してはいけないと教えられていること。

私が立ち上がって男子に注意しようと思ったところで、私の頭にこつんと何かが当たりました。丸まったそれを拾って、拡げて見ると、それは私が桐生くんのために書いたノートの写しでした。

「皆、お前のことなんか嫌いなんだよ」

男子は、私のものを取って、壊して、暴力までふるって、その上でそんなことを言いました。こんなシーンを見て、私の方が悪いなんて言う人がいたら、その人はきっと頭がおかしい。私は、誰かがきっと味方をしてくれるはずだと思いました。

なのに、いつまで座っていても、私の手を取ってくれる人も、私を慰めてくれる人もこのクラスにはいませんでした。

先生の言ったことは、やっぱり嘘だったのです。馬鹿な男子が最後に言ったことは、あながち嘘ではないのかもしれません。

だから私は、心をすぐに伝えたい私は、思ったことをクラスの皆に聞こえるように、だけれど、あくまでかしこく、叫んだりせず、はっきりと伝えました。

「皆、泥棒よ」

私の言葉の余韻が残るのを防ぐみたいに、昼休みが終わるチャイムが、その時鳴りました。

帰りの会の後、ひとみ先生から桐生くんに渡す分のプリントを貰った私は、今日は先生の隣の席のしんたろう先生からお菓子を貰ったりせず、さっさと学校を出ていきました。

途中すれ違ったクラスメイト達とは、誰とも挨拶をしませんでした。

代わりに私の家の近くで毛皮の友達と待ち合わせて、私は桐生くんの家へと向かいます。

桐生くんの家のある場所は知っていました。前に道で会って、家はどこなのか聞いたことがあります。大体の位置が分かっているのだから、後は表札を見ればいいはずです。同じような形の一軒家がたくさん並んだ場所で、家の前に「桐生」と書かれた家は一軒しかありませんでした。桐生という苗字をどう漢字で書くのか、前に字の形がかっこいいと思ったことがあるので覚えていました。

「ま、小柳の方がかっこいいけれどね」

私はそうひとり言を言いながら、緊張したりせずに桐生くんの家のチャイムを鳴らしました。

チャイムを鳴らしてから、一分くらい待ってみたけれど、誰かが出てくる様子はありませんでした。

私は、桐生くんがいないとは考えませんでした。私は二回目を鳴らします。ところが二回目も同じ結果でした。私でさえ、風邪をひいて休んだ時には少しよくなってからもなんだか学校に行っている人達と会いたくなくて外に出なかったのに、桐生くんにそんな勇気があるわけがないのです。

もしかしたら私とも会わない気かしら。そう思って、三度目を鳴らして、次の一分を何をして待とうか、そう思った時でした。やっと、チャイムに付いているマイクから、声が聞こえてきたのです。

『はい……』

元気がなさそうではありましたが、それは授業参観の時に桐生くんと話しているのを聞いた桐生くんのお母さんのものだと分かりました。

「こんにちは！　私、桐生くんのクラスメイトで、プリントを届けに来たの！」

『ああ……ありがとう、ちょっと待ってね』

言われた通り、いい子にして待っていると間もなく桐生くんのお母さんが玄関のドアから出てきてくれました。私は、「ちょっと待ってて」と足元で自分の毛を舐めている友達に言ってから、ちゃんと桐生くんのお母さんに頭を下げます。

「こんにちは！」

「あなたは、小柳さんね。光《ひかり》の隣の席の」

桐生くんのお母さんはお話ししたこともないのに、私のことを知ってくれていたようでした。なぜかは分からないけど、嬉しいことです。光というのは、桐生くんの名前です。桐生光。こんなに立派な名前を彼は持っています。

「いつもはひとみ先生が持ってきてくれるんだけど、今日は小柳さんなのね。ありがとう」

「ええ、私が先生に頼んだのよ。桐生くんに用事があったから」

用事、その言葉を聞いて桐生くんのお母さんの顔は、今日の朝のひとみ先生と同じ顔になりました。桐生くんのお母さんは困っていました。もしかすると、彼女まで桐生くんが学校に来ないのは私のせいだと思っているのでしょうか。話したのは、これが初めてなのに。

「用事って?」

桐生くんのお母さんの質問に、私は正直に答えることにしました。相手に信じてもらうためには、本当のことを言う以外にないのです。

「伝えに来たの。桐生くんに、私は味方だって。桐生くんには、学校に来てほしいのよ。じゃないと、授業での私のペアがいないんだもの」

私の本当の言葉に、桐生くんのお母さんが少しだけ柔らかくなったのが分かりました。やっぱり、人は嘘をついてはいけません。

正直者は得をする。桐生くんのお母さんから私が次に受け取った言葉は、笑顔に添えられた「あがっていって」というものでした。

初めて入った桐生くんの家は、私の家よりも料理やお洋服の匂いが家全体に染み込んでいるような気がしました。きっと、私の家には夜から朝しか人がいないからでしょう。ちょっと前までなら、羨ましく思ったかもしれません。

リビングに通された私は、まずソファーに座ってオレンジジュースをいただきました。

そのオレンジジュースは私の好きな甘いやつで、これだけでも桐生くんの家に来てよかったと思いました。オレンジジュースを飲みながら、私は桐生くんのお母さんに家に入ってから不思議に思っていたことを言いました。

「桐生くんは？　もしかして外に出てるの？」

私の質問に、桐生くんのお母さんはコーヒーを飲みながら首を横に振りました。

「光は、二階の部屋にいるわ。最近はほとんどの時間、自分の部屋に閉じこもってるの」

「絵を描いているのかしら」

思ったことをただ言っただけなのに、桐生くんのお母さんは驚いた顔をしました。

「へぇ、光が絵を描くことを知ってるのね。あの子、絵を描いてることをいつも隠すのに」

「学校でもいつも隠してるわよ。あんなに絵が上手いんだから、もっと皆に見せびらかせばいいのに。桐生くんの絵には、その価値があると思うの」

桐生くんのお母さんが私に気持ちを完全に許してくれた瞬間がどこかであったとしたのなら、きっとここでしょう。やっぱり嘘はついちゃいけません。

「桐生くんが部屋にこもってずっと絵を描いてるなら、応援するし、楽しみにしてる。でも、まだ自分が好きなことを皆に好きって言えないなんていうのは、応援出来ないけど」

「光に、言ってあげて。小柳さん、あなたは本当に光の味方なのね」

「ええ、桐生くんの敵だったことなんて一度もないわ」

にっこりと笑った桐生くんのお母さんに連れられ、オレンジジュースを飲み終わった私は、二階への階段をあがっていきました。二階は、明るい廊下にいくつかのドアがついていて、それぞれに特徴はなく、私達はその中の一つの前で立ち止まりました。私の部屋のドアみたいには飾りのついていない、大人しいドア。

桐生くんのお母さんがそのドアをノックします。

「光、友達が来てくれたわよ」

友達じゃありません。でも、私は部屋の中からの反応に耳を澄ましていたので、言い返しはしませんでした。

お母さんの声に反応があるまでには、少し時間がありました。

「…………誰？」

やっと聞こえたその声は、とても弱々しいものでした。彼を知らない人なら、桐生くんは病気なのかもしれないと思うでしょう。だけど、いつもの教室にいる時の彼を知っている私に、その声は普段の桐生くんのものと少しの違いもありませんでした。

代わりに答えてくれようとした、桐生くんのお母さんが私の名前を呼ぶ前に、私は一歩ドアに近づいて、こう言いました。

「私よ」

桐生くんが、私だと気がついたのはすぐに分かりました。中から、慌てた様子が音となって届いてきたからです。何をそんなに慌てているのでしょう。私は、彼をいじめる馬鹿な男子でもなんでもないのに。

「……どうして？」

心からの疑問。そういう声でした。

「プリントを持ってきたわ。それに、授業のノートを写した紙もね」

「ひとみ先生が持ってくるんじゃ、ないの？」

「代わりに持ってきたのよ。ノートは私が紙に書き写したわ。それに、桐生くんに伝えたいことがあるのよ」

桐生くんは、何も答えませんでした。だから私は勝手に言葉を続けました。

「いい、桐生くん。私はあなたの味方よ。敵だったことなんて一度もないわ。だから、安心して学校に来て」

「…………」

「桐生くんは勘違いしているかもしれないけど、私は桐生くんの味方なの。嫌なことがあるんだったら、ひとみ先生や私が、一緒に戦ってあげるわ。だけど桐生くんも戦わなきゃいけない。だって、人生ってリレーの第一走者みたいなものだもの。自分が動きださなきゃ、何も始まらない」

桐生くんは相変わらず何も言いません。

「今日は、それを伝えに来たの」

言いたいことの全部を言えたかどうかは、分かりません。でも、大事なことは言えたと思いました。だから、私はこれ以上は喋らずに、桐生くんからの返事を待つことにしました。桐生くんのお母さんと二人、じっとドアの前で待っていました。

待つ時間はもの凄く長く感じられました。だけど、私が歳を取ってしまう前に、来るべき時はきちんとやってきました。桐生くんから、返事が来たのです。

ただ、やっと来たその返事は、私が受け入れられるものではありませんでしたが。

「…………………帰って」

その言葉の意味をきちんと知っている私が驚くと、中から、まるで攻撃のように次の言葉が飛んできました。

「もう、来ないで。僕は、もう学校には行かない」

私が驚いたのは、何も言葉の意味にだけではありません。桐生くんのその声の匂いは、あの時、私を睨《にら》みつけた時のものと同じだったのです。

私は戸惑いました。私の後ろに立っていた桐生くんのお母さんもでしょう。私は思わずドアに手を触れて、桐生くんに尋ねます。

「どうして？」

「…………………僕は、戦ったりしない」

その言葉です。その言葉が悪いのです。その言葉が、私の心にいけない炎をつけました。お昼のことでついた火種がまだ、残っていて、間違った方向に燃えてしまったのです。きっと私はもう、後ろに桐生くんのお母さんがいることなんて忘れていました。

「戦わなきゃ、また馬鹿にされるのよ」

「………」

「絵のことも、お父さんのことも」

「………」

「桐生くんは何も悪くないのよ！　間違ったことを言われてる。戦わなきゃ！」

私はきっと、悔しかった、のです。桐生くんが馬鹿にされていることもそうでしょう。彼が戦わないこともそうでしょう。それと同じくらい、自分が何も出来ないと知らされることが。

桐生くんは、小さな声で言いました。

「嫌だ。僕は、小柳さんみたいに強くないから」

「……このっ！」

どれだけの空気を吸い込んだかしれません、周りの人達を窒息させていたかもしれません、それくらい大きな声が、出ました。

「いくじなしっ！」

自分の声に驚きました。でも、それ以上に。

「帰ってよ！」

桐生くんの大きな声は、前に聞きました。だから驚いたのはそこにではなく。

「嫌いだ！　皆、嫌い！　だけど小柳さんが一番嫌いだ！」

桐生くんは、きっと泣いていると分かりました。何に対してかは分かりません。いつもなら、私は男の癖に泣くなんて、と言っていたでしょう。でも、驚いて出来なかったのです。傷ついて泣いている桐生くんに驚いて、桐生くんから言われた言葉で心が真っ暗になってしまった自分に、驚いて。

もうこれ以上、ここにいては駄目だと思いました。私は、失礼だとは知りつつも、桐生くんのお母さんにランドセルから出したプリントとノートを写した紙を押しつけ、逃げるように桐生くんの家から飛び出しました。

家を出たところで、私は待っていてくれた友達も無視して、近くの公園の隅っこのベンチに急いで座りました。

そして不思議そうな顔をする小さな彼女の目の前で、私は、泣いたのです。

その日はアバズレさんともおばあちゃんとも会いませんでした。まだ、門限までには時間があったけれど、泣いた顔のまま会ってはいけないと思ったのです。

8

次の日、宣言通り桐生くんは学校に来ていませんでした。私は、まだ心の中に昨日入ってきた真っ黒を残したまま、どうにかこうにか学校に行きました。桐生くんがもし来ていたら、学校に来いと言った私は絶対に休んでは駄目だと思ったからです。

なのに、別に学校に桐生くんは来ていませんでした。

私の心は黒いままで、どうかこの黒い何かが体から出ていきますようにと願ったのに、その黒は全くいなくなってはくれませんでした。

私は、学校から帰りたくて仕方がありませんでした。早く友達に会いたい。それだけを願っていました。アバズレさんに、おばあちゃんに、尻尾のちぎれた彼女に、会いたい。

そういえば、ねえ、南さんはどこに行っちゃったの？　社会の授業中、私は会えなくなった友達のことを思い出して急にまた、泣きそうになってしまいました。だから私は授業の間の休み時間に図書室に行くことにしました。図書室に行けば、本の匂いが、本を閉じ込めている宝箱のような匂いが、私を慰めてくれると思ったのです。

私のそのたくらみは、少しだけ成功しました。黒いものは相変わらず私の中にいましたが、暴れるのを止めて私の涙を目の中に封じ込める努力の邪魔をしてくることもなくなりました。

これなら、どうにかこの黒いものを放課後まで飼い馴らすことが出来る。そうすれば、いつも通りアバズレさんの家に行ってアイスを食べ、おばあちゃんの家に行ってお菓子を食べられる。そうして、桐生くんのことなんか、忘れてしまえばいい。嫌なことなんて忘れてしまえばいい。

そう思ったのです。でも、そう思えたのは少しの間だけでした。

私はこの心の黒いものを晴らすのに、もっといい方法を見つけてしまったのです。

それは、図書室を出たところでした。少し先の廊下を歩いている、彼を見つけたのです。

私は、彼の背中に近づいて、迷わず声をかけました。

「ごきげんよう、荻原くん」

荻原くんは、私の挨拶にとても驚いた様子で肩を震わせました。私は、彼が振り返るのを待ちながら、頭の中で荻原くんと話す内容について考えました。私は最近、『ぼくらの七日間戦争』を読んだわ。荻原くんは何を読んだのかしら。そんなことを考えました。

私は、もしかするとクラスにたった一人かもしれない、私のことを嫌いじゃない人と楽しいお話をすることで、心を少しでも元気に出来たらと、願ったのです。それだけのことを願ったのに。

人生とは、風邪をひいた時に熱をはかるみたいなものなのですね。

大体いつも、想像したよりひどい。

私は確かに荻原くんの名前を呼びました。なのに、荻原くんはまったくこちらを振り向きません。それどころか、私の呼びかけに答えず、少し早足になって教室のある方向に歩きはじめました。

もしかしたらきちんと聞こえてなかったのかもしれないわ、驚いたのは別のことに驚いたのかも、そう思って、もう一度、声をかけました。

「ねえ、荻原くん」

「……」

彼は、答えませんでした。そして、止まりもしませんでした。おかしい。私はもう一度、呼びかけました。

「荻原くん？」

彼はやっぱり、振り向きませんでした。それからは、何度も何度も荻原くんの名前を後ろから呼びました。少しずつ私の声は大きくなっていっていたんでしょう。教室に着く頃、私の声はもう、昨日の桐生くんと同じような叫び声になっていました。

「荻原くんっ！」

荻原くんは、私に答えることなく、席に着いて教科書の準備をしていました。子ども、そして小学生の私は、うすうす感づいていました。でも、それを認めたくなかった。だけれど、私の願いが届かないことは、クラスの男子達がにやにやと汚い笑顔を浮かべながら私を見ていたことで、分かってしまったのです。

無視、そういう名前の、この世界で一番頭が悪く、愚かな、いじめ。

私は今まで、そんなの気にしなければいい、そう思っていました。だけれど、今、私の心はさっきまでよりさらに深い黒に覆われています。

私の心は、沈み込みました。こんなに正しい自分がいじめられているということに。そして、荻原くんがそんな馬鹿なことに加わっているということに。

これは後から知りました、だから今の私には関係のないことですが、あの日、スーパーで万引きをして捕まった人が桐生くんのお父さんだったこと、証拠もないのに言いふらしたのは、荻原くんだったそうです。

でも、今の私にはそんなことはどうでもいい。私はただ、荻原くんに、私を取り巻く世界に、裏切られた思いで滅茶苦茶にされていました。

その日、私はその時間から、アバズレさんの家に行くまでのことを何も覚えていません。

気がつくと私は、本当に気がつくと私はアバズレさんの家のチャイムを鳴らしていました。ここまでどうやって来たのかも覚えていません。足元に尻尾の短い彼女もいません。いつの間にかアバズレさんの家のチャイムに指を伸ばしていました。

中からはアバズレさんの「はーい」という眠そうで柔らかい声がしました。そこで、一回。

少しの時間を置いて、ガチャリ、ドアが開いて見えたアバズレさんの顔で、二回。

私を見たアバズレさんが、私の顔を見ても何も訊《き》かず、「入んな」と言ってくれたので、三回。

私はアバズレさんに促されるままに靴を脱いで、部屋の中に入って、部屋の隅っこで膝を抱えてそこに顔をうずめました。

もうとっくに見られているのに、自分がかわいそうで泣くなんていうのは、まるでかしこくない気がして、私は、一人小さな三角形になりました。

アバズレさんは、部屋に入ってからも何も訊きませんでした。ただ、冷蔵庫が開く音がして、それから私の近くの低いテーブルに、何かが置かれる音がしました。

「今日見つけて、珍しいと思って、買ってきたんだ。食べな」

私は、アバズレさんが買ってきてくれたそれがなんなのかも見ずに首を横に振りました。おでこがくっついたスカートとこすれて、しゃかしゃかと音がします。

私が黙っていると、アバズレさんがまた立ち上がる音と、コーヒーの匂いが伝わってきました。どっちも、私が好きなもの。だけど、今は何も見たくありません。

アバズレさんは呆れているか、怒っているのかもしれない。そんなことも考えました。突然、家に来た子どもは泣いていて、何を喋ろうともしない、失礼この上ないガキなのですから。

アバズレさんは、コーヒーを入れるとまた同じ場所に座ったみたいでした。二人とも黙っているから、部屋の中には、クーラーの動く音しか聞こえません。

でも、それもちょっとの間のこと。他の音が聞こえてきたのは、すぐでした。

「しっあわっせはー、あーるいーてこーない、だーかーらあるいーていくんだねー」

綺麗な歌声、私にはまだ出せない、高い中に低さの雑じった、まるで赤と青を美しく塗り分けた絵みたいな、そんなアバズレさんの歌声が聞こえてきました。

私を元気づけようと誘ってくれているのかもしれない。そう思ったけれど、歌いたくなかった私は歌うことが出来ませんでした。私が黙り込んでいると、一番をきちんと歌いきったアバズレさんは突然、こんなことを言いました。

「幸せとは何か」

ぴくっ、私の耳が動いたことはアバズレさんにばれたでしょうか。私がもっと深く顔を膝にうずめると、アバズレさんはそんなことは気にしていないみたいに話を続けました。

「考えたんだ。お嬢ちゃんの話を聞いてから、ずっと」

「………」

「今日、その答えが分かった」

私は、思わず顔をあげてしまいました。でも、笑顔のアバズレさんと目があいそうになって、すぐに顔をもう一度伏せました。

味は苦手だけど、香ばしさが素敵なコーヒーの匂い。アバズレさんの使う香水やお化粧のきらびやかな匂い。そして、アバズレさんが見つけたという幸せの答えというものが、私をくすぐります。

部屋があまりに静かだったから、私のくすぐったさが、伝わってしまったのかもしれません。アバズレさんは、コーヒーを一口こくりと飲んでから、私が訊《き》かなくても続きを話してくれました。

「これは私の答えだ。だから、お嬢ちゃんの考えとは違うと思う。だけど、もしかしたら、何かのヒントになるかもしれないから、お嬢ちゃんに話しとこうと思うんだ」

アバズレさんは、私の相槌を待ちませんでした。すうっと息を吸ってから、こう言いました。

「幸せとは、誰かのことを真剣に考えられるということだ」

「…………」

「今日、買い物をしてた。明日の朝ご飯を買ったり、飲み物を買ったり、切れていたシャンプーを買ったり。それは、毎日続く日常で、特別でもなんでもない出来事だ。パンを買って、牛乳を買って、リンスを買って、もう買い忘れたものは何もないかな、そう思った時に、そういえば今日、お嬢ちゃんは来るかな、来た時のためにおやつを買っておこう、この前は何を一緒に食べたっけ、今度は何を一緒に食べよう、お嬢ちゃんが来て、喜んでくれればいいいな。気がついたら、私はお嬢ちゃんのことをずっと考えてた」

「……」

「気がついて、驚いた。もう、ずっと、誰かのことを真剣に考えたことなんてなかった。誰かを喜ばせたいとも、誰かと一緒にいたいとも、私は思わなくなってた。諦めてたんだなぁ、私は。ずっと、なかったから分かった。人は、誰かのことを真剣に考えると、こんなにも心が満たされるんだって」

「……………」

「私はね、お嬢ちゃん。嫌なことも、苦しいことも、諦めてしまう大人になっちゃったんだ。前は誤魔化《ごまか》してしまったけど、私は、幸せじゃなかった。幸せの形がどんななのかも、もう忘れちゃってたからだ。だけどね、私は、今日やっと思い出した。幸せの形を」

「…………」

「お嬢ちゃんのおかげで、私は幸せの形を思い出せたんだ。ありがとう」

アバズレさんが立ち上がったのが、音で分かりました。ところどころが軋《きし》む床。アバズレさんが動くと、ネズミの泣き声みたいな音を鳴らします。ネズミの声は、だんだんと私に近づいてきました。そして、私の横で止まると、アバズレさんは私の隣に座りました。アバズレさんの柔らかな体温が、届いてくる。そんな距離で。

「これで私の勝手な話は終わり。ありがとう、聞いてくれて。大人の話はつまんないよね。

なのに静かに聞けるお嬢ちゃんはさすが。よしっ、私のつまんない話を聞いてくれたお返しだ」

アバズレさんは、私が膝を結んでいる両手の上に綺麗な指を重ねました。

「お返しに、もし、お嬢ちゃんがしたい話があるなら、いつでも、いつまででも、聞くよ」

また、泣くかもしれない。私はそう思いました。でも、泣きませんでした。

アバズレさんの言葉、嬉しかった。優しさに溢れてて、でもそれが全然べたつかなくて、やっぱり私はこんな大人になりたいと思いました。それに、アバズレさんは私のおかげで幸せになれたとも言いました。こんな嬉しいことが、友達としてこれ以上が、あるのでしょうか。

こんなにも嬉しいのだから、私は嬉しくてはしゃぐか、してもよかったのだと思います。でも出来ませんでした。

理由は、アバズレさんの幸せについての考えを、信じられなかったからです。

私は、しわくちゃになった声を、この部屋に来て初めて出しました。

「考えたわ」

「ん？」

「一生懸命考えたのよ！　でも無駄だった！」

つい、出てしまった大きな声、私は優しいアバズレさんに申し訳ないと思って、本当の心からの「ごめんなさい」を伝えました。

でも、大きな声以外の反感を、訂正はしませんでした。

「ちゃんとちゃんとちゃんと、考えたの、ずっとずっと、考えてたの。アバズレさんが言うみたいに、考えた。クラスメイトのこと、こんなに考えることなんてないくらい。だけど、そのせいで無視されるようになった。嫌いって言われた。何も、幸せじゃない」

「……………そっか」

「もう、私は、誰とも関わらずに生きていくわ」

「それは駄目」

アバズレさんの言葉は私を叱りつけている、そう思いました。大人として、学校の先生達みたいに。大人達はいつも言うの、友情や絆がこの世界で一番大事だって。だから私はそれの反対を言ったことを的外れに怒られるのだと思いました。私は、失望しました。それは、友達が友達にすることじゃないから。

でも、アバズレさんの次の一言で、彼女は私を叱っているのではないと、分かりました。アバズレさんは触っていた私の手をぎゅっと握りました。そして、ありったけの悲しさをおしこめたような静かな声で、言いました。

「私みたいに、なっちゃうよ」

私には、どうしてアバズレさんが隠しきれない悲しさを声の中に埋めているのか、分かりませんでした。

「だから、それだけは、駄目」

「………………どうして？」

心の奥底からの質問でした。アバズレさんは、そんなに素敵なのに。私は思います。大人達が皆、アバズレさんみたいならいい。いいえ、全ての人がアバズレさんみたいに素敵ならいい。そうすれば、皆がかしこくていい匂いのする世界になる。絵なんか描けなくたって、綺麗な世界が見える。

「私は、アバズレさんみたいな大人になりたい。かしこくて優しくて素敵だったら、学校に友達なんて、いらない」

私はアバズレさんの手をぎゅっと握り返しました。すると、アバズレさんはゆっくりゆっくり、静かな溜息を吐きました。その溜息の意味が、私には分かりませんでした。

また、部屋の中がクーラーの動く音だけになって真っ白の時間が少しあって、アバズレさんは、ややあって、こんなことを言いました。

「私ね、よく見る夢があるんだ。今朝、また同じ夢を見てた」

「…………どんな？」

「ある女の子の夢。その子は、とてもかしこくて、本もいっぱい読むし、たくさんのことを知っていて、そのことで自分は周りの人達とは違う、とても特別な人間だって思ってた」

何かの物語？　私が訊《き》く前に、アバズレさんは息継ぎをして続けました。

「自分を特別に思うのは大事なことだよ。だけれどその子は、自分を特別だと思うことを勘違いしてた。周りの人達を全員、馬鹿だと思ってたんだ。本当はそうじゃないのに、その子は、かしこいことで特別だったものだから、かしこいことだけが、特別になるたった一つの手段だと思ってた。そうすれば、立派な人間になれるって、そう思ってた」

アバズレさんは、咳ばらいをします。

「その子は、立派な子ども、だったのかもしれない。だけど、皆を馬鹿にしてる子が人に好かれるわけがない。その子はどんどん周りの人達に嫌われだした。そこでいけなかったのは、その女の子は、ちょうどいいと思っちゃったんだ。なぜなら、その女の子も、周りの馬鹿な子達が嫌いだったから。いや、今思えば本当は嫌いだったんじゃない。考えることが出来なかっただけなんだ。誰のことも」

アバズレさんが私の手を握っていてくれます。

「その女の子を理解してくれようとする人もいたかもしれない。でも、そんな人がいることも考えなかった女の子は、そのままどんどん大人になっていった。自分の世界に閉じこもって、ただかしこくなるためだけに時間を使った。そうすればいつか幸せになれると信じてた。だけど、違ったんだ」

私は、そんなアバズレさんの手を握り返します。

「大人になって、その子はものすごくかしこくなった。だけど、それだけだった。ある時、気づいたんだ。自分の周りには何もないってことに。立派な大人になったはずなのに、褒めてくれる人もいないってことに気がついた」

私は、思いました。それってまるで……。

だから、とてもその子のことが気になりました。

「その子は、どうなったの？」

アバズレさんは、大きく息を吸います。

「ここから先の話、全部話すけど、お嬢ちゃんには何を言っているのか分からないと思う。だけど、もし分からなかったとしても、どういう意味なのかは教えない。教えたくないから。それでもいいなら、聞く？」

私は、膝に顔をうずめたまま、こくりと頷きました。

「うん、その子は、自分の人生に意味なんてないって思った。やっと気がついた。そして、もうどうでもよくなったから、自分の体を乱暴にあつかった、自分の心を粗末にした。危ないところに行って、危ないものに手を出して、危ない目にあった。だけど、その子は、それが嫌じゃなかった。自分の人生を壊すことが気持ちよかった。自分で作ったものなのに、その子は自分の人生が嫌いだった。壊して壊して壊して、それでもお金はいるから、稼ぐために、また自分をないがしろにした。気づいたら、そこの住人になってた。もちろんそこに住んでたって、誇り高い人や素晴らしい人はいる。環境や仕事が悪いんじゃない。その子が悪いんだ。誇りを持てないその子に訪れるのは、やっぱり破壊の毎日。でも、どんな生活にも、いずれは慣れが来る。慣れが来た時、そこでもう一度気がつく。壊してきたことにもなんの意味もなかったって。それで、その子はもう、この人生を終わらせようと思った」

「…………」

アバズレさんの言った通り、私にはアバズレさんのお話の意味が分かりませんでした。想像は出来るけれど、ぼんやりしていて、アバズレさんの言う危ないことや、心を粗末にすることがなんなのかは、全く分かりませんでした。

そんな子どもで、まだまだものを知らない私にも分かったことはたった一つだけ。きっと物語をよく読んできたから。

「それが、アバズレさんなのね」

「…………」

「人生を終わらせるって？」

ただ、その子の続きが気になってした質問。アバズレさんは、「さあね」と言いました。

「結局、その子は人生を終わらせたりしなかったんだ。だから知らない。終わらせようと思ったその日、その子のところに突然、お客さんが来た。小さな友達を抱えた、女の子だった」

私は、つい顔をあげてアバズレさんの顔を見てしまいました。涙と鼻水でそれはそれは不細工な顔をついにしっかりと見せてしまいました。そうした理由は、分かりません。アバズレさんの顔を、見たかったのです。

アバズレさんは、いつもみたいに優しく笑っていました。

「それからの日々は本当に楽しかった。友達なんて、いなかったから。きっと、もっと早くこうして誰かを好きになっていればよかったんだって、気がついた。だけど、過去はもう戻ってこない」

時間は戻ってこない。私は、そう言った南さんのことを思い出しました。

「私はね、お嬢ちゃんがどんな人間になっていくのか、楽しみだ。だけど、心配もしてる。

どうしてか分かる？」

私は首を横に振りました。

「お嬢ちゃんが、その子にそっくりだから。お嬢ちゃんは、その子みたいな人生を歩いちゃいけないんだ。お嬢ちゃんは、幸せにならなくちゃいけない。だから、誰とも関わりを持たないなんて言っちゃ駄目だ」

私は、アバズレさんの言うことの意味を考えながら、もう一度アバズレさんの手をぐっと握り返しました。

私がその握る力に込めた気持ちは、迷い、です。私はまるで迷路の中に入れられた気分になっていました。

私はかしこいから、アバズレさんの言っていることの意味は分かっていました。でも、意味が分かることと、それを本当に出来るのかは別の話です。なぜなら私は、本当に今日、もうこれ以上、私を傷つける人達の誰とも会いたくないと思ってしまったのですから。それに、もし私がその考えを変えても、アバズレさんやおばあちゃん以外の誰が私と仲良くしてくれるのでしょうか。荻原くんにも桐生くんにも嫌われた私に、行き先なんてありません。

私は、私に似ている「その子」の話をもっと聞きたくなりました。

「その子も、本が好きだったのね」

「ん、ああ、お嬢ちゃんと一緒だよ。本が大好きで、ずっと本を読んでた。一度は物語を書く人間になろうかとも思ったんだけど、読んでくれる人が周りにいなくて、いつの間にか忘れた」

「お父さんとお母さんは？」

「二人仲良く、元気で暮らしてるはずだ。もうずっと会ってない。前に一度、家に帰ろうかとも思って家に行ったんだ。だけど、チャイムを押せなかった。会うのが、怖かったんだと思う」

「本のことを話せる友達や、一緒にアイスを食べる友達や、尻尾の短い友達は、いなかったの？」

「うん、いなかった。だから、誰も間違ってるって言ってくれなかったんだ」

「じゃあ、私みたいに決まった口癖はあった？」

土砂降りの雨みたいな、不躾《ぶしつけ》な私の質問にもアバズレさんは一つ一つ、きちんと答えてくれました。それが嬉しくて、私はまた質問を重ねてしまうのです。

「口癖か」。アバズレさんは、遠い日のことを頑張って思い出すように、窓の外に目を向けました。私の目は、アバズレさんの顔にだけ、向いています。

アバズレさんは指をあごに当てて、私のためにきちんと考えてくれました。

「口癖、うん、いつも言ってることがあった。どうして今まで忘れてたんだろってくらい。うん、その子の口癖は………って……あれ？」

アバズレさんは、窓の外に向けていた目を私に向けて、まぶたをしぱしぱと何度も瞬かせました。その目が瞬きをやめると今度はまぶたが千切れてしまうんじゃないかってくらいに開いて、一緒に、アバズレさんの口も大きく開きました。

「どうしたの？」

「私の………子どもの頃の口癖、人生とは、だ」

アバズレさんはあまりに驚いたせいでしょう、ゲームの約束みたいだった、「その子」と呼ぶことも忘れてしまったみたいでした。私も、驚きました。

「私と、同じよ」

アバズレさんは、震える唇で言いました。

「子どもの頃、漫画の『ピーナッツ』が大好きだった。日本語に訳されたやつをよく読んでて、そこで、主人公のチャーリーが言うんだ。人生とは、アイスクリームみたいなものだって」

「舐めることを学ばなきゃ……」

「そう、そうだ。もしかしてお嬢ちゃんも」

驚きという心の力に任せて、私は何度も首を縦に振りました。

「私も、チャーリーの台詞が大好きなの。とてもかしこくて、魅力的なジョーク」

「なんて、縁だ……」

縁、アバズレさんはそう言いました。運命や、奇跡じゃなくて、縁という言葉を使うアバズレさんは、やっぱり素敵だと思いました。

縁という字は知っています。縁という漢字にとてもよく似ているのは、生き物がいつか死んで土にかえって、そこに緑色の草花が生え、それを食べて他の生き物が生きていく、そういう不思議な繋がりを指すからなのではないかと私は思っています。だとするなら、私とアバズレさんが出会ったのは、やっぱり縁なのだと、思います。

私は、縁という言葉に手を合わせて感謝します。もちろん合わせる手は、アバズレさんと。

言わなくてもアバズレさんは私の気持ちを分かってくれたみたいでした。彼女は、にっこりと笑って、私の手の平を包みこんでくれました。

「やっぱり、お嬢ちゃん。誰とも関わらないなんて、駄目なんだ。人と関われば、こういう素敵な出会いがある」

そうかもしれない、とは、思いました。

「こんなことがあるなら、私ももう一度、遅いかもしれないけど、もう一度、自分や人を諦めずにやっていけるかもしれない」

アバズレさんは、もう「その子」のお話をやめたみたいでした。

「お嬢ちゃんには、これから、私なんかとよりも、もっとも一っと素敵な出会いがたくさん待ってる。誰かを好きになることを諦めなきゃ、必ず幸せな人生になる」

「………………本当に？」

「ああ、本当に」

アバズレさんが、本当と言うのだから、本当なのでしょう。私は、アバズレさんを好きで、信じている。ひとみ先生に教わったこと、大人の言うことは嘘かもしれない。でも、そうだとしても私はアバズレさんのことを信じている。だから、もし私がこの暗闇から抜け出して、誰か、例えばクラスメイトのことを好きになれる日が来るなら、幸せな人生が待っているのかもしれない、私はそう思いました。

だけれど。

「でも………………もう、私には仲良くなってくれる人なんて、いないのよ」

「そんなことない。あの、本の話をするクラスメイトは？」

私は、荻原くんの顔を思い出します。思い出すだけで、私の心は、また黒色に染まっていくようでした。

「無視、されたわ」

「そっか、てっきり嫌いって言われたのは、その子にかと思ってた」

「違うわ。嫌いって言われたのは、前に話した、学校に来なくなった子よ。あれから、その子の家に行ったの。伝えたかったのよ、私はあなたの味方よって。だけど、その子は私が思ってたよりもずっといくじなしだったの。だからそれを言ったら、その子に意地悪をする子達よりも、私のことが一番嫌いって言われちゃった」

「そう……それは、お嬢ちゃんが悪いな」

思ってもみなかった、アバズレさんの答えに、私は口から出るはずの言葉を頭の中に忘れてきてしまいました。どうして？　どうして、私が悪いの？　私は、助けてあげようとしたのよ。思うけど口から出ない言葉。それを分かってくれたのかは分からないけど、アバズレさんは私の頭を撫でました。

「そんで私も悪かった。お嬢ちゃんにヒントの出し方を間違ったな。お嬢ちゃんはかしこいけど、私と同じで人に関してはそんなにかしこくない」

アバズレさんは意地悪にひひっと笑ったけど、アバズレさんと一緒だという一言で嫌な気にはなりませんでした。

じゃあ、かしこくない私にアバズレさんは何を教えてくれるのでしょう。そう考えていると、アバズレさんは今までのお話とまるで関係のない質問をしてきました。

「お嬢ちゃんは、給食で嫌いな食べ物はある？」

私はアバズレさんが今どうしてそれを聞きたいのか分かりませんでした。でも、アバズレさんからの質問を私が無視するわけありません。

「納豆が嫌い。あれは、変な匂いがするもの」

「あー、私も嫌いだった」

「だけど給食って残しちゃいけないのよ」

「そうそう。体にいいからね、納豆は食べなきゃいけない。じゃあさ、お嬢ちゃん。お嬢ちゃんがその納豆を、今、勇気を出して食べようって思ってる時に先生から、さっさと食べなさい！　って怒られたら、どんな気分になる？」

「私の先生はそんなことはしないけど、気に入らないわね。怒っちゃうかも、そして納豆をもっと食べたくなくなるわ」

アバズレさんは、こくりと頷きました。

「お嬢ちゃんが、学校に来ないその子にしたのは、それと同じなんじゃないかな」

「…………………」

経験はありません、話にも聞いたことがありません。でも、きっと雷に体を打たれたらこんな感じなのだわ、と私は本当にそう思いました。それくらい、私の頭は壁で頭を打った時よりも衝撃を感じて、私の手足は七五三でずっと正座をした時よりも痺《しび》れたのです。そして、心の中の黒色が、ぱちぱちと音を出しはじめました。

「そうか、そうだったのね」

一緒に気がついたのは、私がした自分勝手すぎること。

「戦おうとしてたのかもしれないんだわ」

「ああ、そうかもしれない。もしかしたら本当のいくじなしなのかもしれないけど、でも、それなら、お嬢ちゃんに怒ったりしないんじゃないかな。その子は、お嬢ちゃんに何かを伝えたかったんだ。無視するんじゃなく、何かを」

やっぱり、アバズレさんは私なんかよりもずっとずっとかしこい。それは、私が思ってもいなかったことでした。私は、決めつけていたのです。彼はいくじなしで弱くて、戦うことなんて絶対に出来ないって。もしかしたら彼は、もう少しで戦おうとしていたかもしれないのに。

「それに、言い返すことだけが戦うことだなんて限らない。彼にとって戦うってことは、我慢しながら、いつか周りの皆を見返すような、絵を描くことなのかも」

私は、彼がどれだけ馬鹿にされて絵を隠しても、絵を描くのをやめようとしていないことを思い出します。

「それは、お嬢ちゃんとは戦い方が違うのかもしれない。だけど、お嬢ちゃんもその子も、きっと同じだ。私も一緒。悔しいと思うことも悲しいと思うこともある。そんなの本当は嫌だし、それに、本当は味方が欲しい。嫌いって言っちゃったのも、きっと彼は後悔してる。お嬢ちゃんは他の子よりかしこい。でも、他の子達もちゃんと考えてるんだ」

それはアバズレさんが前にくれたヒントでした。皆違う、でも、皆同じ。

「私、どうすればいいの？」

「お嬢ちゃんが、落ち込んだ時、どうしてほしいか考えればいい。それを少しだけ、その子に合わせて考えられれば完璧。お嬢ちゃんは、落ち込んだ時、誰かにそのことを怒られたい？」

「いいえ、横にいてくれたり、話を聞いてほしい。その後は一緒に甘いものを食べて、遊んだりしたい」

「そう思うなら、そうすればいい」

私は、頷こうとしました。でも、たった一つ残った心配が私の首の動きを止めたのです。

「もし、本当に嫌われてたら？」

言うと、アバズレさんは私の頭をもう一度撫でてくれました。

「そんなことないと思うけど、でも、もし万が一そうだったなら、私が慰めてあげる。それからまた一緒にどうするか考えよう」

「………………」

「大丈夫さ、お嬢ちゃんには勇気があるんだろ？」

アバズレさんはそう言って、私の背中を叩きました。その一発は、まるで前にテレビで見たバイクのエンジンを動かすためにするキックと似ていました。アバズレさんの手の平からの力が私の体の中のエンジンに、火をつけたように感じたのです。

「そうね、やってみるわ。私、言ったのよ」

「なんて？」

「自分から動かなきゃ始まらないって、桐生くんに言ったんだもの。だから、やるわ。ねえ、アバズレさ………………」

私の言葉が止まったのは、誰かに手で口を押さえられたからでも、苦いものを飲まされて声が出なくなったからでもありませんでした。

「アバズレさん？」

さっきまでの笑顔とはまるで違う、アバズレさんの顔を見てしまったからです。

その瞬間、部屋の中なのに、風が吹いたような気がしました。

アバズレさんは、また何かに驚いた顔をしていました。でも、その度合いが、まるで今までと違ったのです。どうにかこうにか、それをたとえるとするなら、そう、誰かと口癖が一緒だったことなんて全て忘れてしまうみたいな。宇宙人と魔法使いと地底人を一緒に見てしまったみたいな。まるで、雷に打たれたみたいな。そんな顔をしていたのです。私はその顔をどこかで見たことがあります。

「どうしたの？」。当然、私は訊《き》きます。アバズレさんは、まるで私がモンスターに変身しちゃったのを見てしまったような顔のまま、一言、喉の奥から引っ張り出してきたみたいな声で呟きました。

「桐生、くん……？」

「ええ、そうよ、絵描きの桐生くん」

私の言葉を受け取った途端でした。もしかして私の言葉は大きな大きな花束になってしまったのかもしれないと思いました。テレビで見た、大きな花束を貰ってプロポーズを受けた女の人と、アバズレさんが、同じ顔をしたから。

「どうしたの？」

私はもう一度訊きました。でも、アバズレさんはその質問には答えてくれませんでした。

「もしかして…………奈ノ花?」

当たり前の質問、私は「ええ」と頷きます。

驚き、それが収まらない顔をしたまま、アバズレさんは突然、目に涙をいっぱいにためていました。大人の涙ほど子どもを驚かすものはありません。なので私は驚きました。どうしてアバズレさんが泣いているのか、私には、全く心当たりがありませんでした。

「そうか……」

アバズレさんが何かに納得した、その一言の意味も。だからもちろん、次のアバズレさんの行動の意味だって、まったく分かりませんでした。アバズレさんは、私の手を握ることも、頭を撫でることもしませんでした。その代わり、目から一つ涙を落として、私をぎゅっと抱きしめたのです。

好きな人に抱きしめられるのは嬉しい、だけれど、それ以上に私はびっくりしました。このびっくりと同じ味のびっくりを、私はつい最近、あの屋上で味わいました。

私を抱きしめたまま、アバズレさんは泣きだしてしまったのです。子どもみたいに。

「どうしたの、ねえ、アバズレさん、どうしたの」

訊いても、アバズレさんは答えてくれませんでした。ただ私の耳元で、「そういうことだったのか」「なんて、なんて」「信じられない」そういう言葉を繰り返していました。

そうして、こうも言いました。「ごめんな、ごめんな、ごめんな」。アバズレさんは、私に何を謝ることがあるのでしょうか。

優しくて、かしこくて、色んなことを教えてくれて、私にヒントをくれて、デザートをくれて、私をいつでも楽しくて幸せな気分にしてくれる、素敵なアバズレさん。

彼女が私に謝ることなんて、何一つあるとは思いません。

なのに、アバズレさんはいつまでもいつまでも泣き続けました。謝り続けました。少しずつアバズレさんはその理由を言ってくれました。でも、やっぱり意味は分かりませんでした。

「ごめんな、ごめんな、幸せじゃないなんて言って」

「…………」

「こんな私になっちゃって」

「…………」

「アバズレなんて呼ばせて」

「…………」

「本当にごめんな……………………奈ノ花」

私の名前を読んで、アバズレさんはまた私をぎゅうっと抱きしめました。ちょっとだけ苦しくて「うぐっ」と声が出ても、アバズレさんは放してはくれませんでした。

その時、私は一つ、不思議なことに気がつきました。そのことに気がつくと、私はもう一つの不思議なことにも気がつきました。

私は、かしこいから覚えています。アバズレさんはさっきと今で二度、私の名前を呼びました。あの時、南さんも私の名前を呼びました。だけれども私はなぜか、アバズレさんにも南さんにも、自分の名前を言い忘れていたことに気がついたのです。

どうしてアバズレさんや南さんが私の名前を知っているのか、そして、どうして私が今までアバズレさんに名前を言わなかったのか。二つの不思議が、私の頭の中をぐるぐると回ります。

不思議なことは、かしこいアバズレさんに訊《き》いてみましょう。私はアバズレさんが泣いている耳元で、この不思議なことを全て話しました。

すると、アバズレさんは私の体を放して、正面に座り直しました。アバズレさんの顔は、涙と鼻水でぐちゃぐちゃになっていました。泣いた顔は、皆同じになるのね。私は、そう思いました。

「何も、不思議じゃない。今、やっと分かったんだ。どうしてお嬢ちゃんがあの日、来たのか。どうして私と出会ったのか」

不思議じゃないことなんて、全然ありません。やっぱり不思議なことは不思議なこと。私が首を傾げると、アバズレさんは泣いたままにっこりと笑い、右の人指し指を立てました。

「いいかい、お嬢ちゃん。人生とはプリンと一緒だ」

「苦いところを喜ぶ人もいる？」

「いいや」

アバズレさんの髪が、横に揺れます。

「人生には苦いところがあるかもしれない。でも、その器には甘い幸せな時間がいっぱい詰まってる。人は、その部分を味わうために生きてるんだ。ありがとう、私は、お嬢ちゃんのおかげで、やっと思い出せたんだ」

「何を？」

「私も、本当は苦いコーヒーやお酒より、甘いお菓子が大好きだった。もう忘れない」

アバズレさんは、また私をぎゅっと抱きしめました。アバズレさんがなんでそう何度も私を抱きしめるのか不思議だったけど、いつの間にか、私はその不思議を解く気にはならなくなっていました。アバズレさんに抱きしめられている時間は、私にとって、間違いなくこの人生の甘い部分だったからです。

やがてアバズレさんは泣きやんで、私がどうして泣いたのか訊《き》いても、そのことを説明してくれることはありませんでした。アバズレさんは言いました。「いつかきっと、自分の力で知ることが出来る」と。代わりに、アバズレさんがくれたのは、とても珍しい、アバズレさんが私のために買ってきてくれたおやつでした。

「お嬢ちゃんにぴったりだ」

そう言いながらくれたプリンには、黒い部分がありませんでした。器に詰め込まれた全部が甘い黄色の部分。私はそれを食べながら、たっぷりの幸せを味わったのです。

二人でプリンを食べながら、私達はいつも通りにオセロをしました。勝敗も、いつも通り。だけどいつか私の方が強くなってみせます。

帰る前、私はアバズレさんの手をもう一度握って、明日への勇気を貰いました。アバズレさんは私の手をぎゅっと握り、それから私の体もぎゅっとしてから、「絶対に大丈夫」と言ってくれました。だから私は、きっと大丈夫だと思うことが出来ました。

私が靴を履いてドアから出ようとすると、アバズレさんが何かを思い出したみたいに「あっ」と言いました。

「どうしたの?」

「いや、おばあちゃんは、今、幸せなのかなと思って」

私はおばあちゃんと前にしたお話を思い出しました。

「ええ、幸せだったって言ってたわ」

答えると、アバズレさんは本当に嬉しそうに笑って「よかった」と言いました。それから私に手を振ると、いつものように言いました。

「じゃあね、お嬢ちゃん」

「ええ、また来るわ」

アバズレさんの家のドアを閉めると、足元に黒い影が見えました。

「忘れてたわけじゃないわ。子どもにも、色々と事情があるのよ」

「ナー」

「分かったわよ。うちの牛乳をあげるわ。お母さんには内緒よ」

彼女は私の心配をして、来てくれたのかもしれません。彼女は悪女だけど、悪女っていうのは大抵いい女なのだと、前に見たアメリカの映画で言っていました。悪いのにいい、それの意味がよく分かりませんでしたが、きっとそれは尻尾の短い彼女のような子のことを言っているのでしょう。

小さい私達はクリーム色の建物を離れ、いつか私達が出会った堤防へと歩きました。

人生には幸せがいっぱいに詰まっている。
私はその言葉を何度も心の中で唱え続けました。

9

よく晴れたその日、私はいつもの通りに家を出たけれど、いつもの通りには学校に行きませんでした。私はいい子、嘘はつきません。だから私はその朝、お母さんに行ってきますとは言ったけれど、どこに行ってくるとは言いませんでした。こういうのをかしこいと言います。

もちろん私には学校に行くよりもよっぽど大事な用事があったから、学校に行かなかったのですが、本当のことを言うと、私はこれからずっと学校に行く必要はないかもしれないとも思っていました。勉強は、アバズレさんに習えばいい。給食は食べなくても、おばあちゃんのお菓子で我慢する。ひとみ先生には時々手紙を書こう。義務教育なんて言って、小学校には絶対に行かなきゃいけないなんていうけど、必要がない場合はどうなるのでしょうか。

そういえば、前に映画で飛び級というものがあることを知りました。私はかしこいから、飛び級が使えるかもしれません。いやもう、アバズレさんの言うように、かしこくなることが全てじゃないなら、その目的のために学校に行っていた私には、もうどの学校もいらないのかもしれません。

なんてことを考えていると、いつの間にか目的地に辿り着いていました。

今日学校ではなくここに来ることに、私は一つの迷いもありませんでした。

今日は前に来た時とは違います。まずもって、隣に友達を連れていません。それに、今はまだ朝。そして一番の違いは、もう私には彼を責める気なんてどこにもないということです。

私は前に来た時と同じように、チャイムを何度か押しました。少しして聞こえてきた声も、前と同じ、元気のなさそうな女の人の声。その声に、前に来た時は元気に挨拶をしました。でも、今日はそれよりも先に、することがあるのです。

私は、相手にきちんと気持ちが伝わるように、心を込めて、言いました。

「桐生くんのクラスメイトの小柳奈ノ花です。この前は、ごめんなさい」

私は、相手に見えていなくてもそこで頭を下げました。謝る時とお礼を言う時は、心の全てを込めなくちゃいけない。それは、かしこくてもかしこくなくても変わりません。

私の心が、桐生くんのお母さんに伝わったのでしょう。桐生くんのお母さんは、前と同じようにとても優しい声で「ちょっと待っててね」と言ってくれました。

やがて出てきた桐生くんのお母さんに、私はもう一度、頭を下げました。

「おはようございます。この間は、ごめんなさい」

それは、この前桐生くんにいくじなしと言ったことと同じくらい、私の本当の気持ちでした。

「おはよう。ううん、小柳さんが謝ることなんてないわ」

桐生くんのお母さんは、首を横に振ってくれました。でも、そんなことはありません。私にはたくさんの謝りたいことがあるのです。

「この前は、せっかく来たのにちゃんと帰りの挨拶もしなくて、それに桐生くんにあんなことも言っちゃって、ごめんなさい」

「いいのよ。謝らなきゃいけないのは光の方。せっかく小柳さんが来てくれたのに。部屋から出てもこないで。小柳さんがくれたノート、すごく丁寧に書けてた。ちゃんと光に渡したわ。今日は、学校に行く前に寄ってくれたのね」

桐生くんのお母さんは、前にあんな失礼をした私を本当に許してくれているみたいでした。でも、優しいお母さんの言っていることは少しだけ間違っていたので、私は今日来た理由をちゃんと伝えます。

「桐生くんと話したいことがあって来たの。味方になるとか、戦うとか、学校に行くとか、そんなことじゃない、もっと大切なことよ」

「大切なこと？」

桐生くんのお母さんは優しいです。だから私に言わなかったけど、私が桐生くんに話があると言った時の顔は、まるで物語の中に出てくるお城を守る門番のようでした。ようするに、私を警戒していたのです。当然のことです。前の私は、失礼なだけじゃなく、桐生くんを傷つけもしたのですから。

でも、そんなことで諦めてしまうなら、私はここに来ていません。今日、私はどうしても桐生くんと会って話がしたいのです。

許してもらうため、私がすることといったら、一つしかありませんでした。

正直に、どうしてここに来たのか、何を話したいのか、どうしてそう思ったのか、そしてどうなりたいのか、その全部の私の心を一つの嘘もなく、お話しすることしか出来ませんでした。犬の散歩をしている人や、私と同じ小学校に行く子達が家の前を通る中、私は分かってもらいたい一心で、桐生くんのお母さんに説明をしました。

心からの想いというものは、きちんと相手に伝わるものなのだと信じています。だからきっと私からの「いくじなし」も桐生くんにそのまま伝わってしまったのでしょう。

不安もありました。だけど、信じていた通り、私は、心を桐生くんのお母さんにもきちんと伝えることが出来たみたいでした。桐生くんのお母さんは、私をこの前と同じように家の中に入れてくれました。

でも、前の時と違ってどうして桐生くんのお母さんの目が少し濡れているのかは分かりませんでした。大人の涙の理由は、かしこい私が考えてもよく分かりません。それに、大抵の場合訊《き》いても教えてくれないのです。桐生くんのお母さんも、アバズレさんも、南さんも。

桐生くんの家で私は前と同じようにオレンジジュースを出してもらいました。それを一口だけ飲んで、私は二階への階段をのぼります。桐生くんのお母さんにはついてきてもらいませんでした。単に必要がないと思ったからです。桐生くんのお母さんも、そっちの方がいいかもしれないと言ってくれました。

階段をのぼる途中、私は全くと言っていいほど緊張していませんでした。前に来た時の方が緊張していたくらいです。今日は、まるでアバズレさんの家に続く階段をのぼるような気分でした。この一歩一歩が、何に続いているのか、例えば幸せへと続いていくものなのかは分かりません。

でも、誰かのことを真剣に考えることが幸せだとアバズレさんは言いました。私は、人のことにはかしこくない。分かっています。

だから、皆のことを好きになったり考えたりすることは出来ません。だから、私はたった一人だけのことを考えることにしました。

そうしてここに来た今の私は、きっと幸せなのです。私は、歌いました。

「しっあわせはー、あーるいーてこーない、だーかーら、あるいていくんだねー」

一緒に歌ってくれる人はいません。尻尾のちぎれた彼女も、アバズレさんも、南さんも、おばあちゃんもここにはいません。一人で歌っても楽しいけど、やっぱり歌っていうのは誰かと一緒に歌った方が楽しいわ。

だったら、一緒に歌ってくれる人を、見つけるしかないのです。

一つのドアの前に立って、私はそこをコンコンッとノックしました。ノックをしたのがお母さんじゃないことは、もうばれています。

「桐生くん、ごきげんよう。最初に言いたいことがあるの。この前はごめんなさい」

私はドアの前でお辞儀をしました。もちろん相手には見えていません。桐生くんからの返事もありませんでした。

私は、桐生くんが聞いてくれていると信じて、息を吸います。

「桐生くんに謝りたかったのは、本当の気持ちよ。だけど、今日はそのために来たんじゃないの。もっともーっと、大切な話をしに来たのよ」

背中のランドセルを床に下ろして、私はドアの向かいの壁に背中をつけて座りました。そして、ランドセルの中から、一冊のノートを取り出します。私は一つの教科ごとに一つのノートを使っています。算数なら算数のノート。理科なら理科のノート。今、私が取り出したのは、国語のノートです。

まだ、桐生くんの声は聞こえません。

「さ、桐生くん、話し合いを始めましょう」

ノートを開くと、そこには私と桐生くんのこれまでの話し合いの記録が書かれています。

「問題、幸せとは何か」

そうです、今日、私は学校に行くとか、敵とか味方とか、勇気があるとかないとかではなく、その話を、その話だけを桐生くんとしに来たのです。どうしてって理由を訊《き》かれたら、きっと私はこう答えるでしょう。

私は一緒に幸せを見つけられることが、友達や味方ということなんだと思ったからです。

昨日の夜、私はじっと考えました。味方とは何か、そうして思いついたのです。

アバズレさんは私のことを考えて幸せになってくれた、私はアバズレさんといることが幸せ。南さんは私といて幸せになるって約束をしてくれた、私は南さんの物語を読んで幸せな気分になった。おばあちゃんは、私が来ることが幸せだと言ってくれた、私は、おばあちゃんのお菓子を食べながら本の話をすると幸せ。

だから私は、桐生くんとも一緒に幸せを見つけたかったのです。それが、味方になるっていうことだと思ったのです。

ちょうどよく、桐生くんは私の授業でのペアでした。話し合いに必要な材料は、うちの冷蔵庫によりもノートによく揃っています。

「じゃあまず復習から始めましょう。今までの私達の考えを読むわね。幸せとは何か、最初の話し合いの時にいつ幸せを感じるかを話し合ったわ。クッキーにアイスをのせた時、おばあちゃんのおはぎを食べた時、お母さんの作ったお菓子を食べた時、本を読んでいる時、友達と歌を歌っている時、夕食がハンバーグだった時、お父さんとお母さんが早く帰ってきた時、家族で旅行に行った時、好きなアイスを選べる時」

私は、わざと一つだけ書いてあったことを言いませんでした。

「次の授業でしたのは、幸せじゃないと感じる時はいつか、だったわね。ゴキブリを見た時、給食が納豆だった時、桐生くんはわかめのサラダが出た時って言ってたけど、私は反対したわ。わかめって美味しいのよ」

桐生くんの部屋からは、何も聞こえません。

「幸せじゃないことをいくつか出しあった後、私達はちょっと違うことも話したわ。幸せじゃないっていうことは、幸せの反対で、じゃあ幸せじゃないことの反対のことが起これば幸せなのかってこと。でもきっとそうじゃないって結論に至ったわ。納豆が給食に出てこないだけじゃ幸せを感じないもの。桐生くんもわかめが出てこないだけで幸せにはならないって言ってたわ。せめて、そこにから揚げがついてこなくちゃ」

桐生くんは、何も言いません。

「その後、何度か授業があって、授業参観があったわね。あの時の発表で、私はお父さんとお母さんが来てくれたことだって言ったわ。あの時の気持ちは嘘じゃないけれど、やっぱりそれだけじゃ幸せのことを説明できないと思うの。桐生くんが発表したことは、あれって本当に思ったことじゃないでしょ？」

「…………」

「あの後の授業での反省会で、どうしてそれが幸せだと思ったのかっていうのを話し合った時、桐生くん、答えられなかったもの。でも、別に今は桐生くんが嘘をついたことについて話したいわけじゃないから、どんどん進みましょう」

「…………」

「じゃあ、ここからは桐生くんが学校に来ていなかった時の話よ。私、ひとみ先生と代わりにペアを組んで、話し合いを続けたの。桐生くんがいた時とやり方はほとんど変わらないけど、今度は幸せを感じる時、なんで幸せを感じるか考えたの、私は」

「どうして」

なんの、前触れもなく、私の言葉を遮って聞こえてきた桐生くんの声は、私の耳がよくなかったなら聞こえなかっただろうと思うほど、小さなものでした。

声が聞こえてきたことに、驚きはしません。桐生くんは、優しい。きっと、クラスメイトを無視するなんてひどいことは出来ないって、私は知っていました。

「どうして？　ひとみ先生とペアを組んだこと？　それはうちのクラスの人数が偶数だからよ。よかったわ、桐生くん以外に誰も休んでなくて」

「…………違う」

桐生くんの言葉の前には、たくさんの空白がありました。何度も深呼吸をしているのだと私は思いました。深呼吸は必要です。心に隙間を作るために。

違う、その言葉の続きを私はいつまでも待ちました。扉の向こうから、桐生くんの静かな息が聞こえてくるみたいでした。もう一度言います。桐生くんは優しい。だから、待っていれば必ず、応えてくれると、私は信じていました。

「……ひとみ先生の、こと、じゃなくて…………小柳さん」

ほら。

「私？」

私が首を傾げたこと、ドア越しにでも桐生くんになら見えたかもしれません。他の誰に見えなくても、桐生くんになら。そんな気が、したのです。

「どうして…………」

「うん」

「……小柳さんは、また来たの？」

なるほど、私はぽんと手を打ちます。

「どうしてって、来ないでって言ったのにってこと？」

「…………うん」

「嫌ならすぐに帰るわ」

返事は、来ませんでした。代わりに、桐生くんはまた同じことを言いました。

「…………どうして」

「ええ」

「………………なんで」

「うん」

「僕に、そんなに構うの？」

桐生くんの声は、さっきのどうしてここに来たのかという質問の時とは違うものでした。

さっきのは答えを知りたいどうして、今度のは、本当にどうしてか分からないどうして。

桐生くんにとって、質問の意味が大きく違っていたのでしょう。その大切さも。

だけれど、私にはそんなこと関係ありませんでした。どちらの質問の答えも、既に持っていたから。

「そんなの簡単よ。私が来るって決めたから、私が構うって決めたから」

「………え、いや」

「あと桐生くんの絵が好きなのよ、私」

扉の奥、桐生くんの息が止まった音がした気がしました。まさか死んじゃってはいないと思うので、気にせず私は続けます。

「私は、自分に作れないものを作れる人を凄いと思うわ。おばあちゃんの作るお菓子、南さんの書く物語、桐生くんの描く絵、全部、今の私には作れないから、凄いと思う。だからいつも言ってるのよ、桐生くんは凄いんだからって」

もう、無理に見せびらかせとは言いません。桐生くんがそれをしたくないなら、無理やりにそうさせても、誰も嬉しくなりませんから。

「南さんっていうのは私の友達よ。もう、しばらく会っていないけど」

「…………………………友達、いたんだ」

かなり長い空白の後、聞こえてきた声がよりにもよってそれだったことにさすがの私もほっぺたを膨らませました。怒らないけど、失礼なことを言われた時は注意したっていいはずです。

「何よそれ、私にだって友達くらいいるわ。とーっても素敵な友達がね」

「そう、なんだ」

ええそうよ、私が頷こうとした、その時でした。

「……あっ！」

桐生くんの部屋の中から、大きな声が聞こえてきたのです。虫でも出たのでしょうか。きっと私にいじわるを言ったむくいだと思って、私がしめしめと笑っていると、桐生くんが慌てて、いつもの喋り方とは違う早口で中から呼びかけてきました。代わりに虫をやっつけてくれ、なんて言われたら嫌だなと思いましたが、どうやら違うようでした。

「こ、小柳さん、学校行かなくていいの？」

「……ああ、なるほど。もうそんな時間なのね」

私は腕時計も携帯電話も持っていません。だから、どれだけ時間が経っているのか知ることが出来ませんでした。

「遅刻、しちゃうよ？」

「別にいいわ。学校なんて行かなくても」

桐生くんは、驚いたようでした。それはそうでしょう。いつも真面目でかしこい私が、こんなことを言うなんて。

桐生くんは、また慌てました。

「い、行った方がいいと思うよ……」

「桐生くんだって行ってないじゃない。いいのよ別に、もっと大事な用事があるんだから。クラスの子だって前に親戚の結婚式で休んでたわ」

「……もっと、大事なことって……」

「桐生くんと幸せを見つけるのよ」

そうです。それが、今の私にとっては、学校に行くことなんかよりもずっとずっと大事なことでした。

私は思っていたのです。桐生くんの味方になりたいって。それはひとみ先生に言われたからだと最初は思っていました。

でも考えて、気がついた。私は、ずっと自分の心でそう思っていたのです。最初から何も変わっていません。私は、クラスの子が一人学校に来なくなったことを気にしない優しくない子達よりも、私が授業参観に誰も来ないからと落ち込んでいる時、言葉をかけてくれた優しい桐生くんの味方をしたい。それだけなのです。嫌いと言った癖に、私を無視したりしない優しい桐生くんの味方がしたい。ただ、それだけなのです。

変わったとしたら、私のやり方だと思います。前まで私はその気持ちを、桐生くんの代わりに喧嘩をすることで表してきました。でも今は、桐生くんと一緒にどうすれば幸せになれるのかを見つける。そっちの方が楽しいと気がついたのです。

だから私は、学校の時間なんて話よりも、幸せの話の続きをしようと思いました。

「ねえ、もう一度訊《き》くけれど、桐生くんの幸せは、何？」

「こ、小柳さん……」

桐生くんは困っているみたいでした。きっと、私がいくじなしと言わなくなったからです。私だって桐生くんが突然喧嘩を始めたら驚きます。荻原くんに無視されて驚いてしまったみたいに。

「今の桐生くんの考えを聞きたいわ」

「小柳さん…………学校に行った方がいいよ」

「大丈夫って言ってるでしょ。ねえ、桐生くんの幸せは、何？」

「駄目だよ、小柳さんが学校を休んじゃ……」

「私が駄目で桐生くんが大丈夫なのはおかしいわ。だから、大丈夫なのよ。そうね、私から言うわ。これは私の考えではないんだけれど、私の大切なお友達が言ってたの、幸せとは」

「学校に行かないと」

「しつこいわねっ！　行かないって言ってるでしょ！」

つい、大きな声を出してしまいました。いけない、と思ったけれど、言っちゃった言葉は戻ってきません。私はすぐに「ごめんなさい」と謝りました。

それから、私は気がつきました。気がついて、決めました。友達や味方っていうのはきっと、相手のため以外の隠しごとをしないものだわ。

私は、正直に、今の気持ちを彼に打ち明けることにしたのです。

「ごめんなさい。黙ってたんだけど、私、今、クラスで無視されてるのよ」

「え……」

「知ってるでしょ、元々クラスに友達はいなかったわ。けど、話す子はいたし、挨拶をすれば、皆応えてくれた。でも、今は、皆に無視されてる」

辛いことを話すのは、それを経験する時と同じくらい辛くて、でも深呼吸と同じで心に隙間が出来るような不思議な気分を味わうことになります。

「そんな子達ばかりがいる場所に行きたくないわ。それよりも、桐生くんと難しい問題を解くことの方が楽しい」

言っている途中です。私は大事な大事なことに気がつきました。

「ねえ、私、これからここに来るわ。だから、絵の描き方を教えてよ。桐生くんみたいな絵を描けるようになんて、小学校にどれだけ行ってもなれないわよ」

気づいちゃったのです。

「代わりに私は、そうね、何を教えてあげようかしら。人生とは、隣の席みたいなものでしょ？」

「…………」

味方が欲しいのは、私だった。

「持ってない教科書があるならお互いに見せ合わなきゃ。それにそうね、毎日見る顔なんだから、嫌いな子じゃない方がいい」

「……………………………………僕は」

「ええ、何？」

しばらくの時間が経って、それから聞こえてきた桐生くんの声は、元々大きくない桐生くんの声の中でも一層小さなものでした。

「……………………どうしたら、小柳さんみたいになれるのか、教えてほしい」

桐生くんの声がたとえ花の鳴き声くらい小さくても、私には聞こえました。そして、なんだそんなこと？　と私は拍子抜けしてしまいました。

「私みたいにならなくていいわ。私みたいになっちゃったら桐生くん、素敵な絵が描けなくなっちゃうわよ。私の描いたライオンを見て、お母さん太陽の塔って言ったのよ、嫌になっちゃう」

「………………」

「だからもし、魔法使いに誰かに変えてもらえることになっても、ちゃんと自分を選んでね。いい？」

桐生くんは、うんともすんともいいえとも言いませんでした。代わりに、たっぷりの透明な時間を使ってから、少しだけ大きくなった声で、別のことを言いました。

「……………やっぱり、小柳さんは学校に行った方がいいよ」

予想もしていなかった桐生くんの言葉に、私は驚きました。桐生くんに、私が決めたと言っていることをそうやって何度もしつこく反対するような強情な顔があるなんて、知らなかったからです。

当然、私は気になりました。

「どうしてよ。いつもだったら、私が授業で言ったことにも反対しないのに、今日ばっかりしつこくて。もしかして私が嫌いだから、無視する子達の中に交ぜ込みたいの？」

冗談のつもりで言いました。桐生くんが、壁越しでも分かるくらい慌てて首を横に振る様子を想像して。なのに、桐生くんからの返事がなかなか返ってこないものだから、私はとても不安になってしまいました。

前にここに来た時の、桐生くんから受け取った言葉が私の心の奥から空気を欲しがるみたいに少しずつ浮かびあがってきます。その言葉が息継ぎをしてしまったら、私の心にはまた黒い嫌なものが巣を拡げてしまって、私の勇気はクモに捕まった、ちょうちょのようになってしまうでしょう。

そうなってしまう前に、桐生くんは本当は私を嫌ってなんていない、嫌いだったらこんなに話をしてくれるはずがない、そうだ、あれは桐生くんの口が勝手に動いただけなんだ、というのを知らなきゃいけないと思いました。

だから、私は桐生くんに同じ質問をもう一度して答えを貰おうと思いました。でも、それは桐生くんに止められてしまいました。

人生とは、綺麗な色をしたお菓子と一緒です。

どうやってそれが出来あがったのか、分からないものもある。

桐生くんは、まだ何も言ってくれませんでした。でも彼の気持ちと行動が私の声を止めて、私の心の中の悪魔をまた海の底に沈めてくれたのです。

鍵が、外れる音がしました。それから、丸いドアノブがゆっくりと回るのが、はっきりと見えました。

部屋の中の窓が開いていたからでしょうか、顔に強い風が吹きつけて前髪が舞いあがり、私は思わず目を瞑《つぶ》ってしまいました。

次に目を開けた時、私の目の前には桐生くんがいて、彼の後ろ、部屋の中では吹いた風によってたくさんの紙達が踊っていました。少し髪が伸びたかしら。桐生くんの顔を見た私がそう思っていると、部屋の中で踊っていた紙が一枚、飛んできて私の顔を覆いました。息が出来なくて、慌てて顔からひっぺがしたそれを見て、きっと私は、アバズレさんに負けないくらいの笑顔を浮かべていたことでしょう。

でもそんな私とはうらはらに、ドアを開けた桐生くんは、ドアのところでうずくまって、とても悲しそうな顔をしていました。ひょっとすると、目も少し濡れていたかもしれません。

私は再会を喜ぶ間もなく、訊《き》きました。「どうしたの？」。

　すると桐生くんは、どうして今そんなことを言うのか、よく分からないことを言いました。

「ごめん、なさい」

　最近、私はよく誰かに謝られます。本当に謝ってほしい人達は一人も謝ってくれないのに。

「どうして謝るの？」

　前に大嫌いって言ったことかしら。それなら、気にしてないっていうのは嘘だけど、私もいくじなしって言ったもの。おあいこです。

　桐生くんは、私の目をじっと見ていました。

「ぼ、僕の……」

「桐生くんの？」

「僕のせいで、小柳さんが無視されてるんでしょ？」

「そうじゃないわよ」

　私はすぐに首を振りました。

「桐生くんのせいなんかじゃないわ。クラスの子達が馬鹿すぎるの、何が正しいかも分からないんだから」

「でも、本当なんだ」

桐生くんは、私の目をじっと見ながら、涙を流しました。これも、最近よくあることです。

「何が？」

「僕の、お父さんが、泥棒をしたってこと……」

「………」

ええ、知っていました。桐生くんが言ったこと。

それでも、私は首を横に振ります。桐生くんにとって、それがどれだけ、どれだけ悲しいことだったのか。私は想像します。私の精一杯伸ばした想像の腕が届いているのかも分からないし、届いていないとして、あとどれだけ伸ばせば届くのかも、全然分かりません。だけどそれでも私は、堂々と首を横に振るのです。

「だったとして、それが、なんなのよ」

私は、桐生くんを導くつもりで彼の目を見ます。彼は間違っているから。

「桐生くんのお父さんがいけないことをしたからって、桐生くんのお父さんが私に優しく挨拶をしてくれたことは、変わらないわ。毎日会うはずのうちのクラスの子達よりずっとね。ましてや、そのことは私が無視されていることの理由でも、私が学校に行かないことの理由でもないの。もちろん、桐生くんが悪く言われる理由にもならない。だって私達は、桐生くんのお父さんを真ん中に挟んで話しているんじゃないもの」

そう、これまでに起こった全ての悪いこと、桐生くんは一つも悪くない。

「悪いのは、それを分からない人達よ。うちのクラスの子達だけじゃない。私が学校に行かないのは、その人達のせい」

だから、桐生くんが悲しんだり泣いたりする必要はどこにもないのよ。そういうつもりで言ったのに、やっぱり人生とはコーヒーカップに乗った後みたいなもので、自分が行きたい方向とは逆の方に歩いてしまうこともあるみたいでした。

桐生くんは、泣くのをやめてくれるどころか、ぽろぽろと涙をこぼしてしまったのです。これはきっと、私の言葉のせいです。だけれど私の言葉のどこが桐生くんを悲しませてしまったのか、私には分かりませんでした。

分からなかったから、彼にどんな言葉をかければ悲しくなくなってくれるのかも分かりませんでした。だから、よじよじと桐生くんに近づいて、私は彼が床についていた手に手を重ねたのです。アバズレさんが私にそうしてくれた時、心が静かになっていくのを感じたから。

桐生くんは驚いた顔をしました。でも、すぐにあの時の私みたいに、彼は私の手をぎゅっと握ってくれました。

私は桐生くんが泣きやむまで、ずっと静かに彼の手を握っておくつもりでした。だけど、そうすることは出来ませんでした。桐生くんは泣いたままでした。泣いたまま、私が想像もしていなかったことを、言いました。

「小柳さん………一緒に……学校に、行こう?」

「はあ?」

いくらなんでもしつこすぎる桐生くんの提案に、ついつい呆れ切った声を出してしまいました。目の前の桐生くんがびくっとしたのを見て、あらいけないわ、と呆れた顔を引っ込めたのも束の間、私は気がつきました。

「今、一緒にって言ったの?」

「…………………うん」

ぎゅうっと桐生くんに握られて、少し手が痛かったのですが、私は驚いてそんな痛さはどこかに忘れてしまいました。

「どう、して?」

私の心からの質問に、桐生くんは唇をぐにぐにと動かします。きっと、自分の心にぴったりと合った言葉を頭の中から探しているのでしょう。私にはそれが分かって、だから彼の言葉をいつまでも待つことが出来ました。

「嘘を…………………ついたんだ」

やがて彼は言いました。

「嘘をついちゃった、んだ。また、からかわれるかもしれないのが、怖くて。ひとみ先生に、嘘を。だから、そのことを謝って、本当のことを言いたい」

涙は止まっていませんでした。なのに、私はこの時ほど強い桐生くんの目を見たことがありませんでした。私は、桐生くんがそんなにも勇気を詰め込んだ目を出来るって知らなくて、だからその理由が早く知りたくて仕方がありませんでした。

「本当のことって、何？」

「…………幸せって何か」

途端、私の頭に一つの場面が浮かびました。声も、光景も、鮮明に。それは、桐生くんが何かを言っている場面ではなく、私が桐生くんだけに聞こえるように話しかけた場面。あの授業参観の日、たった一言。いくじなしっ。

やっぱり嘘だったのね。それが分かっても、私の心には悲しさも呆れもありませんでした。

「他の人は、どうでもいい。でも、ひとみ先生と、それから、小柳さんには」

私は、嬉しかった。

「……そうね、それにひとみ先生に謝らなきゃいけないことはもう一つあると思うわ」

「……え？」

「ひとみ先生、桐生くんに会いに行ったのに会えなかったって、悲しんでた。そうして、これは私のミスでもあるけれど、ひとみ先生が伝えてって言ってた。先生は桐生くんのことをいつでも待ってるって」

前に来た時はすぐに帰っちゃったから、伝えるのを忘れていたこと。伝えると、桐生くんはまたぽろぽろと泣いてしまいました。それでも、もう彼の目の輝きが涙なんかに負けることは、なかったのです。

「………ひとみ先生に会いたい」

それは、私も同じでした。

「でも、いいの？」

「………」

「学校には、桐生くんをからかったりする、馬鹿な子達がいるわ」

それに私を無視したりするような。

前までなら、私は桐生くんが彼らと喧嘩さえしてくれればいいと思っていました。でも、桐生くんの戦い方はそうじゃないのかもしれないとアバズレさんに教えられました。そしてさっき、私はそのことを自分の目でも確かめたのです。

桐生くんは、私の言葉に少しだけ肩を震わしました。だけれど彼は、その後でしっかりと私の目を見て、自分の肩にふりかかってきた悪魔のローブを、自らの力でひきはがしました。

「すごく、嫌だけど、でも、大丈夫な、気がする」

「…………」

「小柳さんが味方でいてくれるなら、からかわれても、馬鹿にされても」

「…………」

私も、どうしてか分かりません。どうしてかは全然分からなかったのですが、私はその時、ほっとしたという理由で泣いてしまいそうになりました。人は悲しい時に泣くものなのに。私は、ようやく、あの時の桐生くんの大嫌いが嘘だったと分かって、ほっとして泣いてしまいそうになったのです。

でも、涙は流しませんでした。だって、悲しくないのに泣くなんて変だもの。代わりに、私は桐生くんの目を見てしっかりと頷いたのです。

「ええ、私、桐生くんの敵だったことなんて一度だってないわ」

桐生くんは、また二粒、涙を流しました。不思議でした。桐生くんの涙の理由は、変な気がしたのです。桐生くんは私の手をまたぎゅうっと握って、言いました。

「………小柳さんも、学校に行った方がいいと思うんだ」

「それは、どうして?」

今日、彼が何度も私に登校をすすめる理由を、やっと聞くことが出来ました。

「小柳さんは、僕と違って、勉強も出来るし、かしこいし、強いし、きっと、将来凄い人になると思うんだ……だから、僕みたいに学校を休んじゃ駄目だと思う」

褒められると、私は嬉しくなります。でも、褒められたことよりも、もっと嬉しいことを桐生くんは言ってくれました。

「だから、一緒に、学校に行こう………僕も、小柳さんの味方だから……」

ああ、ああもう、この時の気持ちを、私はこれからどれだけ時間が経ったって、きっと正しく言葉にすることは出来ないのです。

私が南さんと同い年になっても、アバズレさんと同い年になっても、おばあちゃんと同い年になっても、きっときっときっと、この時、私の心に拡がったものの匂いや味や名前を当てることなんて出来ないのです。

黒は一つの染みも作らずに、だけれど一面が白いわけでもなく、この世界にこんなものがこれまでにあったのかどうかも分からない、もしかするとこの時新しくこの世界にその色は生まれたんじゃないかと思うほどの、そんな素敵な色が私の心に塗られたのです。

この色が何色なのか、説明できない私は、やっぱりいつもの通りにしか言えません。

人生とは、私の味方みたいなものなのです。

「光だけあれば、まあ十分」

「…………え？」

「いえ、いいわ。桐生くんがそこまで言うんだったら、私、学校に行ってあげてもいいわよ。桐生くんが、味方でいてくれるんでしょ」

桐生くんはまだ少し泣いていました。その顔のまま、ゆっくり笑いました。彼の笑顔を見るのは、本当に久しぶりでした。味方の笑顔を見るのは、嬉しいものです。だから私も笑いました。嬉しくて。そしたら桐生くんも笑ってくれました。

「そうと決まったら、早く準備しなさい！　私達、今、大遅刻よ」

「う、うん！」

涙を乱暴に袖で拭いた桐生くんは慌てて立ち上がり、自分の部屋のドアを閉めました。きっと、パジャマのままだったから着替えるのでしょう。

残された私も、立ち上がって桐生くんの準備が出来たらすぐにでも出発出来るようにしておきます。大人しく待っていよう、そう思ったのですが、桐生くんのお母さんに学校に行くことを伝えておこうと思いました。もしかしたら学校に電話してくれて、私達は遅刻じゃなくなるかもしれません。

ドアの奥の桐生くんに声をかけてから、私は廊下を歩いて一階に下りる階段に向かいました。と、私は階段に続く廊下の角を曲がったところで、可愛くない悲鳴をあげてしまいました。

「ぎゃっ」

驚いて、私はその場で尻もちをついたのです。目の前には、桐生くんのお母さんがいました。桐生くんのお母さんは、隠れるみたいに階段の前でしゃがんで、泣いていました。最近、皆泣いてばっかりね、流行っているのかしら。それともあくびみたいにうつっちゃうの？　私がそう思っていると、尻もちをついた私の、さっきまで桐生くんの手を握っていた手を、今度は桐生くんのお母さんの手が握りました。

「小柳さん、ありがとう」

もしかすると、桐生くんのお母さんも桐生くんが部屋から出てくるのを見るのは久しぶりなのかもしれないと思いました。だから、私は素直に「ええ」と言ったのですが、桐生くんのお母さんは変なことを言いました。「本当なら、私が言ってあげなきゃいけなかった」。

どういう意味なんだろう。それを考えていると、桐生くんの部屋のドアが開く音がしました。そっちを見ると、桐生くんはいつもよく見る服でランドセルを背負っていました。準備は万端ね、そう思って私が立ち上がると桐生くんのお母さんは先に階段を下りていってしまいました。

私は桐生くんのお母さんほどせっかちではないので、桐生くんを階段のところで待ちました。もちろんその間に、さっき尻もちをついた時、まだ手に持っていることに気がついたノートをランドセルにしまうことも忘れません。

それと、

「それ……」

私が右手に持っていたノートじゃないものを見ていると、私に追いついてきた桐生くんもそれに気がつきました。私は、彼に今の素直な気持ちを伝えます。

「これ、ちょうだい」

断られてしまうかも。いえ、いつもの桐生くんならきっと断るとすら思いました。でも、桐生くんは少し恥ずかしそうな顔をして、それから頷いてくれたのです。

私は嬉しかったのですが、どうして桐生くんがそれをくれたのか分かりませんでした。でも、いいのです。桐生くんがくれたそれを、私は自分の部屋に飾ることに決めました。

「さあ、行きましょうか」

「うん」

桐生くんの目の中の光は、まだ消えていませんでした。

学校について、教室に近づくと、桐生くんは私の服の腰のところをちょびっと掴みました。まさか女の子のお尻を触りにきたわけじゃないだろうから、何も言いませんでした。それに、桐生くんの気持ちは私にも分かったからです。

分かったからこそ、私は、胸を張りました。まだアバズレさんやひとみ先生のようにふくらんではいないけれど、その胸を精一杯張りました。怖いっていう思いに、うなだれてしまっては相手の思うつぼなのです。そういう時こそ、胸を張って、たとえ嘘でも、強いふりをした方がいいのです。これは、前にお父さんと夜の道を歩いた時に教えてもらったことです。

私が先に、桐生くんが後に、教室の後ろのドアから入ると、まるで時間が止まったみたいに教室の誰もがこっちに目を向けたまま固まってしまいました。でもそれも三秒くらいのこと、すぐにそのストップは再生に変わって、皆が私達から目を逸らしてざわとし始めました。ただ一人、笑顔で私達の方を見てくれていたのは、当然、

「はい、皆授業中よ、静かにしてね。小柳さんと桐生くん、ちょうどよかった。少し遅刻だけど、まだ授業は始まったばかりだから、安心して」

私は、お姫様みたいにスカートの両端をつまんでひとみ先生に膝を折って挨拶をしました。きっとひとみ先生には「メルシー」と聞こえていたでしょう。言ってないけれど。

桐生くんは恥ずかしそうに、困ったように、ひとみ先生に頭を下げてから自分の席に座りました。あ、そういえば、

「先生、今日の教科書全部忘れたから、桐生くんに見せてもらいます」

私が大きな声で言うと、教室はまたざわざわして、でもひとみ先生は「明日からは気をつけてねっ」と私が机を桐生くんの方に動かすことを許してくれました。私は、今日は学校に来ないつもりだったので初めから何も持ってきていなかったのです。

二人で後ろの棚にランドセルを置いて、早速授業を受ける準備が出来ました。

今は一時間目が始まって十五分が経ったところ。今日の一時間目は国語。ちょうどいいんじゃない？　そう思っておくった桐生くんへのウインクは、俯《うつむ》いている彼に気づいてもらえず空に消えていきました。

今日の国語の授業も、もちろん幸せについて。もうすぐ来る、この授業の最後の発表のために、前回の授業で読んだ幸せについての短いお話のことを、ペアで話し合います。

桐生くんはそのお話を読んでいないので、まずは私がそのお話について説明をしなくちゃいけない。そう、思っていたのですが、桐生くんはそのお話を読んでいました。ひとみ先生が家に持ってきてくれたプリントを、部屋できちんと読んでいたのです。

いつもよりもっともっと控え目な桐生くんと、私はそのお話について話し合いました。足りないものが足りるようになるのが幸せだとか、もし足りなくてもそれで満足出来るって思いこめば幸せなのかも、とか、まあ桐生くんは俯《うつむ》いていたのでほとんど私が言ったことです。私達が話し合ってる最中にも、クラスの子達がこちらをちらちら見ているのが分かりました。無視する癖に気にするなんて、頭のおかしいことだと思います。

そんな中、ひとみ先生が私達のところにやってきました。先生は、話し合い中、色んなペアのところを回っているのです。ひとみ先生が来て、まずはしていなかった朝の挨拶をしました。

「おはようございます。ひとみ先生」

「うん、おはよう。桐生くんも」

桐生くんは、俯いたまま小さな小さな声で「おはようございます」と言いました。別に怖がっているわけではありません。彼もひとみ先生に会いたがっていたのですから。こういう時の気持ちは、こう言います。気まずい。

気まずい時は私にだってあります。授業参観の前、お母さんと喧嘩した時なんてまさにそれでした。だから知っています。気まずい状況っていうのは、いつかは自分で解決しなくちゃいけないってことを。

私は、ひとみ先生に見えないように桐生くんの手を握りました。私の勇気を、少しでも分けてあげられれば、そう思ったのです。だけど、そんなことは必要ありませんでした。

桐生くんは、私の手を一回ぎゅっと握ってから離しました。そして、ひとみ先生に何かを訊《き》かれる前に、顔をあげたのです。

「せ、先生、幸せがなんなのか、授業参観の時に言ったのとは、べ、別のことが、見つかりました」

たどたどしく大きな声とは言えない発表。私はただ彼を心の中で応援しました。つまり桐生くんのことをずっと考えていました。これがアバズレさんの見つけた幸せ。

じゃあ、桐生くんの幸せは何？　そんなの私も桐生くんもずっと前から知っています。この時、私は、それが初めて桐生くんの口から言われるのを誇らしく思いました。だって、彼のファンはまだきっとこのクラスに私だけだから。そういうのってあるでしょう？

「へえ、どんなこと？」

ひとみ先生は桐生くんの突然の発表に驚いたかもしれません。でも、そんな顔を一切せずに、とても優しい顔のまま、桐生くんに訊《き》きました。ひとみ先生が好きな子なら、なんでも話してしまいそうになる顔です。

桐生くんは、ひとみ先生のその顔をじっと見たまま唇をぐにぐにとさせました。気がつくと、クラスの子達がこっちを見ています。私は今まで桐生くんのことなんて気にかけもしなかった癖に、と思うのと一緒に、ちょうどいいわとも思いました。桐生くんの本音を皆に聞かせるチャンスがやってきたのです。

さあ、言ってやりなさい。

「ぼ、僕が幸せな時は、絵を………」

ところが、桐生くんの言葉は、途中で止まってしまいました。ひとみ先生は優しい顔のまま、桐生くんを待っていますが、私は大きく目を開いて彼の方を見ました。まさか、ここまできて怖気づいたんじゃないでしょうねと、もしかすると彼を責めるような目をしてしまっていたかもしれません。

だから、この時のことを私は反省しなくちゃいけません。私は桐生くんのことを勘違いしていた。味方だったことは本当だけれど、やっぱり少しだけまだ彼を弱い子だと思っていたのです。そのことを、謝らなければなりません。

おばあちゃんの言葉を思い出します。

ひょっとしたらその子は、なっちゃんが思うよりも弱っちくないかもしれない。

言葉を一度切った桐生くんは、息を何度か吸ったり吐いたりした後、一度唇を噛んでから、こんなことを、胸を張って言ったのです。

「僕の、幸せは」

「うん」

「僕の絵を好きだって言ってくれる友達が、隣の席に座っていることです」

まったく、人生とはオセロみたいなものですね。

黒い嫌なことがあれば、白いよいこともある？　そうじゃないわ。

たった一枚の白で、私の黒い気持ちは一気に裏返るのよ。


とても、とてもいい日は、その場面を見ていない大切な人にそのことを伝えたくて仕方がなくなってしまいます。だから私は学校が終わると、桐生くんとの挨拶もそこそこに走って家に帰って、ランドセルもそのまま、尻尾のちぎれた彼女と会って、そしていつものクリーム色の建物へと行くことにしました。

「しっあわっせっはー！　あっるっいってこっないー！」

「ナー？」

いつもよりずっと気分よく歌っていると、黒い友達は一緒に歌ってはくれず変な顔をしました。

「何よ」

「ナー」

「いいでしょ、たまには。本当はいつもだったらいいんだけど、たまにね、すっごくいい日っていうのがあるのよ。あなたにだってあるでしょ？」

「ナー」

彼女は気のなさそうな返事をしました。もしかすると、今日は彼女にとっていい日ではなかったのかもしれません。もしそうなら、私のいい気分を分けてあげましょう。

「だーかーら、あーるいーてい一くーんーだねー！」

「……ナーナーナー」

呆れた顔で、やれやれと首をすくめながらも、結局は私と歌いたい彼女。何よ、大人ぶっちゃってと私は思いましたが、素直じゃないところが男の子の心をくすぐるのかもしれません。

私が彼女から教えてもらうことがあるとしたら男の子の心を操る方法かしら。そんなことを考えながら堤防を歩きました。

空は青く、草は緑で、土は茶色。人が歩きやすいように作られた少し柔らかい道は赤茶色。風は透明で、人は、その人自身の色。色々なものに色々な色がついていて、私はその中のどれもが好きです。

だけれどやっぱり、堤防からクリーム色が見えた時、私の心は一番に弾んでしまうのです。

私は頭の中で、アバズレさんにお話しすることの順番を考えました。

まずはもちろんアバズレさんにお礼を言わなければなりません。今日、私がこんなにもいい気分でいられるのは、アバズレさんのおかげなのですから。それからは、今日あったことを朝から順に話します。大切じゃない部分は簡単に、大切な部分は少々大げさに。大切な部分に繋がる大切じゃない部分は、大切な部分を盛り上げるためにもったいぶって。桐生くんが今日みたいなことをする子じゃないことはもう一度強く言っておいた方が、驚きが増えるかもしれません。

だけど、桐生くんがそんなことをする勇気があるんじゃないかと、おばあちゃんだけが見抜いていたことを話すのもアクセントとしてとてもいいと思います。

私はわくわくとしていました。それはもう、ココアの粉を熱いミルクが溶かしていくのを見るよりもずっと、ココアの匂いが香り立つのを嗅ぐよりもずっとです。

ココアととても合いそうな、ケーキみたいなクリーム色の建物。その階段の横にまで辿り着き、私のわくわくも最高潮になって、茶色くなった階段に私が一歩を踏み出した時、いつもと違うことがありました。

尻尾のちぎれた彼女が、階段をのぼろうとしなかったのです。

「どうしたの？」

訊《き》いても、彼女は答えませんでした。「ミルクいらないの？」と訊いても、何も答えませんでした。もしかして怪我でもして階段をのぼれないのかと、私が持ちあげようとすると彼女は私の手からするりと逃げてしまいました。

「変な子、じゃあそこで待ってて」

「ナー」

やっと答えた友達の声は、小さめでした。

どうしたというのでしょう。まあ猫には猫の、気分がよくない日というのがあるのかもしれません。階段をのぼりたくない日、そんな日もあるのでしょう。

私は、友達のことを気にかけながら、やっぱり気持ちはアバズレさんにするお話の内容に向いていました。アバズレさんの家の前まで来て、あらかたお話の進め方を決めてから、私はチャイムに手を伸ばします。

ピンポーンと軽いチャイムの音が中から聞こえて、そこで、私は「あら？」と思いました。上を見ると、アバズレさんの家の表札にあった、失礼だけどとても綺麗じゃない文字で書かれた名前が消えていました。

書き直すのかしら？　前もアバズレさんに言いましたが、私はとても字が綺麗なので、よかったら私に書かせてほしいものだわ、とそう思いました。

アバズレさんは中からなかなか出てきませんでした。なのでもう一回、私がチャイムを鳴らすと、中から物音がしました。もしかすると、アバズレさんは今起きたのかもしれません。相変わらず、お寝坊さんね。私はしばらくくすくすと笑っていました。でも、アバズレさんは出てきませんでした。

いるはずなのに、そう思って私はドアをノックしました。それから元気に「こーんにーちはー！」とドアに向かって挨拶までしました。

すると、少し時間はかかりましたが、鍵の開く音がして、ドアノブが回りました。友達とその日初めて会うこの時、例えば今日が特別にいい日ではなくても、私はいつもどきどきわくわくとしてしまいます。

それ、なのに、私のわくわくは一気に霧となってしまいました。

思いもかけないことが、起こりました。

アバズレさんの家から出てきたのは、優しくて綺麗なアバズレさんではなかったのです。

きっと、アバズレさんと同じくらいの歳の、男の人でした。

私とそのお兄さんは向かい合って、同じ顔をしていたと思います。驚いていたのです。

優しそうなそのお兄さんは目を大きく開いて、それからその目をきょろきょろとさせました。だからきっと、相手が誰なのか初めに気がついたのは私なのだと思いました。

「もしかして、アバズレさんの恋人さん？」

あれだけ綺麗なアバズレさん。特別な人がいたって不思議は一つもありません。もしそうなら私は挨拶をしなくちゃいけないと思いました。

「初めまして。私は小柳奈ノ花。アバズレさんの友達なの」

私は丁寧に自己紹介をしました。なのに、お兄さんは眉毛と眉毛の間に皺《しわ》を作って、とても不思議そうにしていました。

「アバズレさんは、今日はお留守？」

私の何も特別じゃない質問に、お兄さんは今度は首を傾げました。そしておかしなことを言ったのです。

「あの……奈ノ花、ちゃん？」

「ええ、そうよ」

「家を間違えてると思うよ。ここは僕んちで、その、アバズレ？　って人はいないな」

私は、もうちょっとで首がぐるんと一周してしまうかと思いました。

「そんなことないわ。お兄さんと私は初めて会うけれど、私はここに何度も来てるのよ。もしかしてアバズレさんと私を驚かそうとしているの？」

何かのサプライズかもしれない。私はそう思ったのですが、違うようでした。お兄さんは困ったように笑いました。

「あんまりその言葉は使わない方がいいよ。その、アバズレ、っていうの」

「アバズレさんはアバズレさんじゃないの」

「んー、まあ、どっちにしてもその人はここにはいないから、きっと君の勘違いだと思うよ。他の建物かもしれないし。もう一度確認して」

「絶対にここよ！　だって昨日も来たもの」

声が、大きくなったのは、きっと私の頭を一つの思い出が通っていったからです。

私の中で膨らんでいった、不安と呼べる黒いもののことなんて知らないでしょうお兄さんは、もっと困った顔をしました。

「昨日も僕いたけど、君は来なかったよ？」

「嘘よ！　お兄さんはいなかったわ！　アバズレさんと、会ったもの！」

「んー、困ったな」

お兄さんはついに言葉で困ったと言いました。私は知っています。大人が子ども相手に困ったと言う時は、どうやってこの子を黙らせればいいのかと考えている時なのです。

「そうだ、奈ノ花ちゃんは夢を見たんじゃないかな、その中にここと似てる建物が出てきた。僕も子どもの時、夢に出てきた場所を何度も探したけど、見つからなかったことがある」

「夢………？」

いいえ、そうじゃない。アバズレさんは確かにここにいたし、オセロだってしました。プリンも食べた。手も握ってくれた。夢だったわけなんてない。

そう、心では思ったのに、絶対に違うとお兄さんに言いきれなかったのは、これもまた一つの思い出が頭を通り過ぎたからです。その名前は、南さん。

南さんとの不思議が、今のこの不思議な場面と重なって、でもそんな不思議なことが何度も起こるということを、私は私のかしこさでは説明出来なかったのです。私のかしこさで説明するとしたら、三つの言葉でしか出来ない。それは、嘘か、魔法か、夢。

私はその中で、お兄さんの嘘だと考えたけど、でもお兄さんの様子は本当に困っているみたいで、嘘をついているようには見えませんでした。そういう匂いが、しなかったのです。

私が言葉を返せないでいると、お兄さんは「ちょっと待ってて」と言って、部屋の奥にひっこんでいきました。そして帰ってきた時、その手には一本の茶色いパピコが握られていました。

「はい、これ。今日は暑いから熱中症にならないようにね」

お兄さんがくれたパピコは、冷たくて気持ちがよかった。だけど私は、それを見て知りました。この家に、本当にもうアバズレさんはいないのだということを。だって、アバズレさんの家の冷蔵庫にパピコが入っているはずがないから。

「一日で引っ越しなんて、無理よね……」

「それは無理だろうなぁ。それに、僕、ここにもう四年住んでる」

四年。それは、小学生である私にとっては途方もない長さでした。私は、分かりました。何も分からないけど、分かったのです。不思議が、また起こったことだけは。

お兄さんにパピコのお礼を言って、私はアバズレさんの家の前を離れることにしました。お兄さんは優しく「じゃあね」と言ってくれました。

クリーム色の壁を伝って、階段を下りると、そこでは友達が待ってくれていました。私は気がつきます。

「知ってたのね、アバズレさんが、いないこと」

彼女は、答えませんでした。その代わり、私の前を歩きだしました。その方向は、私達がもう何度も歩いた方向です。

私は彼女を追いかけました。私も、気持ちは一緒だったからです。南さんに、アバズレさん。私の友達に続けて起こった不思議。二人はどこに行ってしまったのか。分からないことを教えてもらうのには、私よりずっと長く生きた人に訊《き》くのが一番です。なぜなら、私と同じ経験をしているかもしれないから。

歩いている途中、私は少し柔らかくなってきていたパピコの吸う部分を歯でちぎって、食べてみることにしました。一口、二口、食べて、私は思いました。

「やっぱりちょっと苦いわ」

コーヒー味が苦手な私は、パピコの中身が溶けてから、それを通りかかったアリさんにあげてしまいました。

10

おばあちゃんの家に着くと私はまた汗でいっぱいになって、木で出来たドアには、また貼り紙がしてありました。書いてあることは、前と同じです。私は玄関から中に入って、友達の足を拭き、靴を脱いで静かな木の家の中に入りました。私の足音は前の時と違います。

実は、今日は家で靴からサンダルに履き替えてきたから、前は靴下ですりすり、今日は裸足でぺたぺたです。夏になると履く可愛いサンダルを、アバズレさんにも褒めてもらいたかったのに。

もしおばあちゃんがアバズレさんの行った先を、アバズレさんに起こった不思議の正体を知っているのなら、すぐにでもアバズレさんのとこへ歩いていって、このサンダルを見せたい。そして、アイスを食べながら桐生くんとのお話をしたい。

静かな静かな、家を造っている木の声が聞こえてきそうなくらい静かな家の中で、もしかするとおばあちゃんはまた二階にいるのかな、そう思って廊下を歩いていったのですが、今日は一階にいました。

私が寝室のガラス戸を開ける音が起こしてしまったのでしょう。おばあちゃんは、優しくクーラーの効いた寝室で、ベッドに横になったまま私の方を笑顔で見ました。

「いらっしゃい」

「ええ、ごめんなさい、お昼寝してたのね」

「いや、いいんだ。ちょうど起きたところ」

「それならよかったわ。何か、素敵な夢は見た？」

私の質問に、おばあちゃんはにっこりと笑ってくれました。

「ああ、また、同じ夢を見ていた」

そう言って、おばあちゃんはいつもよりずっとゆっくりな動きでベッドの上で起き上がり、カーテンを開けました。リビングと違って控え目な太陽さんの光が差し込みます。あの時のまま、壁にかかるあの絵が光を持ったような気がしました。

私が寝室の引き戸を閉じようとすると、おばあちゃんが「冷蔵庫にオレンジジュースがある」と言いました。私は台所から小さなパックのオレンジジュースを二本持ってきました。おばあちゃんは私からジュースを受け取ると、「ありがとう」と言ってベッドの上に置きます。オレンジジュースは、私の口の中に少し残っていた苦いのを、甘さと酸っぱさで流してくれました。

「うまくいった？」

おばあちゃんは、なんのことなのかは言わず、ただそう訊《き》きました。私は、こくりと頷きました。でも、いつもの私ならここからまるでドラムロールみたいに話しだすところなのに、それをしなかったものだから、

「何か、あったのかい？」

おばあちゃんにばれてしまいました。

「うん、クラスの子のことは、うまくいったんだけど」

私はまるでスープを煮込んでいるみたいな音で、そう切り出しました。

「アバズレさんが、いなくなっちゃったの」

今日、あったこと、私はおばあちゃんに全部話しました。いえ、本当は昨日からのことです。桐生くんとのことで落ち込んでいた私にアバズレさんがアドバイスをくれたことや、アバズレさんがどうしてか突然泣き出してしまったこと、それに私とアバズレさんの口癖が同じだったという素敵なことも。

そして、今日のこと。アバズレさんはいなくて、他のお兄さんが住んでて、私が好きじゃない味のアイスをくれて、南さんがいなくなった時よりももっと不思議だったこと。

私の話を聞いて、おばあちゃんはアバズレさんの行き先を知らないと言いました。残念だったけど私の中に不思議がもう一つ浮かんできました。この不思議についても訊いてみます。

「南さんがいなくなったみたいに、アバズレさんもいなくなっちゃった。なのに、私、寂しいけれど、それが、例えば桐生くんに嫌いって言われた時のような気持ちにはなっていないのよ」

おばあちゃんは、「そうか」と頷きました。さすがおばあちゃんは、なんでも知っています。

「つまり、絶望はしていないってことだね」

絶望という漢字を、私は書けません。

「きっとなっちゃんがいつかその子達にまた必ず会えるって確信してるからじゃないかな」

おばあちゃんは、まさに私の説明出来なかった小さな安心を言葉にしてくれました。

「その通りよ。でも、ミステリーの探偵みたいに証拠があるわけじゃないんだけど」

「そうだね」

おばあちゃんは、目を細めて頷きます。

「だけど、なっちゃんの思いはきっと正しい。大丈夫。その子達には、いつか必ず会えるさ」

「ええ、私も信じてる」

私がしっかり頷くと、おばあちゃんは「なっちゃんには先を見通す力があるから」と、いつかと同じことを言ってくれました。

「だけど、もっとお話もオセロもしたかったわ」

「せっかくクラスに友達が出来たんだ。彼と練習するといいんじゃない？」

「そうね、桐生くんに先を見通す力があるかは分からないけれど」

おばあちゃんはくすくすと笑いました。まるで、桐生くんの顔を思い浮かべたみたいに。

いいえ、でもおばあちゃんは桐生くんと会ったことがないはずだから、もしかすると、友達の絵描きさんのことを思い出しているのかもしれません。

「アバズレさんに、おばあちゃんは幸せなのかって訊《き》かれたわ」

「そうかい」

「それで、前に幸せだったたって言ってたって伝えたんだけど、おばあちゃんが幸せな理由は、その絵描きさんのことを思うことが出来るから？」

おばあちゃんはまたくすくす笑いました。

「ああ、そうかもしれない。それに、なっちゃんのことも、家族のことも、心から思える」

「じゃあ、おばあちゃんも、幸せとは何かっていうのは、誰かのことを本気で思えることだって思う？」

「おやおや、もしかして、その宿題の発表の日が近いのかい？」

こういうのは、図星を指されるというのです。でも、私がおばあちゃんに何度か訊いたことをもう一度訊いたのには他の理由がありました。

「本当に、答えが知りたくなってきたの。だけど難しい宿題だって思うわ」

ずっとその問題について考えている私の、本当の気持ちでした。

「色んな、色んな幸せがあるのよ。最近色々なことがあって、色々な人達から幸せとは何か、皆の見つけた答えを聞くの。南さんは、認められること、アバズレさんは、誰かのことを考えられること、桐生くんは、友達がいること。どれも、皆の幸せなんだと思う。だけど私の中の幸せ全部をちゃんと言い表した幸せはまだ見つからないし、どれか一つを選ぶことも難しいの。人生とは、お弁当と一緒よね」

「どういう意味だい？」

「好きなもの全部は詰め込めない。それに今はそのお弁当の大きさも名前も分からないわ。ねえ、おばあちゃんがもしひとみ先生に幸せとは何かって問題を出されたら、なんて答える？」

難しい難しい問題。だけれど、おばあちゃんの中にはもう答えがあったみたいでした。きっと、考えてくれていたのです。おばあちゃんは、私の質問に悩んだりせず、いつかのことを思い出すみたいに窓から空を見上げて、答えてくれました。

「幸せとは」

「うん」

「今、私は幸せだったって、言えるってことだ」

おばあちゃんの答えは、今まで色んな人から聞いた幸せの答えの中で一番分かりやすくて、一番心にすっと染み込むものでした。だけど。

「それって、ずうっと長く生きていないとあれがないわ、説得力」

「その通り。この幸せは今、なっちゃんの何倍も生きてきた私の幸せだ。なっちゃんの幸せとは違う。なっちゃんは、なっちゃんの幸せを見つけなきゃね」

結局、ヒントや方法は教えてもらえても最後は自分で考えるしかないのです。

おばあちゃんと一緒に、壁にかかった絵を見つめてオレンジジュースを飲んでいると、私は急にランドセルの中身のことを思い出しました。

「そういえばね、桐生くんに絵をもらったのよ」

私はランドセルの中から一枚の素敵な絵を取り出しました。桐生くんのことを知っている私からしてみれば、彼が絵を見せてくれるだけでも凄いことなのに、くれたりしたのだから、友達自慢の一つでもしておこうと思うのは当然です。

桐生くんの描いた絵、それは一輪の花の絵でした。鉛筆と絵の具で描かれたそれを見て、おばあちゃんは顔の皺《しわ》を濃くしました。

「とっても、素敵だ」

「でしょう？　こんな絵を描けるのに、隠してるなんて。こういうのを宝の持ち腐れって言うんだわ。きっと桐生くんはもっと練習したら、おばあちゃんの友達と同じくらい凄い絵描きさんになるわよ」

「うふふ、私の友達は凄いよ？　でも、なっちゃんがそう言うなら、そうなるかもしれないね」

負けず嫌いの私は「絶対そうよ」と胸を張りました。

それから私はおばあちゃんのベッドの端っこに腰をかけて、荻原くんと出来なかった『ぼくらの七日間戦争』の話をしました。あれに出てくる大人達は頭が悪すぎない？　と私が言うと、おばあちゃんは笑いながら頭のいい大人より頭の悪い大人の方がよっぽど多いし、頭のいい大人がいい大人とは限らないと言いました。

物語のお話はとても楽しい。本当はこんな風に南さんの物語についてもお話ししたいのに、そう考えていると、いつの間にか私が帰らなければならない時間をベッドの横に置いてある時計が教えてくれました。

私が立ち上がると、おばあちゃんはこれからまたお昼寝をすると言って横になりました。尻尾の短い彼女を連れて、おばあちゃんの邪魔をしないよう、静かに部屋の出口まで歩きます。本当は、そのまま寝室を出てしまうはずだったのですが。

足を、止めました。

「ねえ、おばあちゃん」

不安になったのです。

「おばあちゃんは、いなくなったりしないわよね？」

おばあちゃんから返事はありませんでした。その代わり、おばあちゃんの気持ちのよさそうな寝息が聞こえてきて、私は邪魔をしないよう、口のチャックを締めて、黒い友達と一緒に木の家を大人しく出ていったのです。

それからも、私は何度かあのクリーム色のアパートに行ったのですが、やっぱりアバズレさんはもう、そこにはいませんでした。

アバズレさんがいなくなってから、私の放課後の行き先は二つだけになってしまいました。丘の上のおばあちゃんの家と、それから。

「僕、オセロあんまり強くないんだけど」

「じゃあ、先の番を譲ってあげるわ」

私は学校が終わると、尻尾の短い彼女を誘って桐生くんの家に行くようになりました。

最初の日、オセロを持って出向いた私に桐生くんは驚きましたが、桐生くんのお母さんは喜んで私にオレンジジュースを出してくれました。数日も続けて行くと、桐生くんも段々と驚かなくなってくれて、私達は仲良くオセロをしたり一緒に絵を描いたりしました。どっちが上手いかというと、二つの競技を点数にしたらきっと合わせて同点になるはずです。

私が桐生くんの家にいる間、ちっちゃい友達はいつも外で待っていました。彼女は人見知りなのです。そして人見知りなのは、桐生くんも。一度、私は彼をおばあちゃんの家へと誘ったのですが、彼は困った顔で固まってしまいました。

「では、桐生くんも桐生くんのお母さんもまた明日まで、ごきげんよう」

別れる時、毎日の決まった挨拶、笑顔の二人に手を振ってから私は黒い友達と一緒に、いつもの丘へと歩くのです。

「しっあわーせはー、あーるーいーてこーないー」

「ナーナー」

「もうすぐ夏休みよ。あなたは何をするの?」

「ナー」

「何も考えてないなんて呑気ね。私はプールに行きたいわ。友達も出来たんだし。せっかくだから人間以外も入れるプールを探しましょう」

「……ナー」

ばつの悪い顔をする彼女。もしかすると、彼女は水が苦手なのかもしれません。

「大丈夫よ。私も二十五メートル泳げないわ。ま、どうしても行きたくないなら別の場所に三人で行きましょう。人生って夏休みみたいなものよ」

「ナー」

「なーんでも出来るわ。素敵な過ごし方を探さなきゃ。これはちょっと単純すぎるかしら?」

そんなことを言っていると、いつもすぐにおばあちゃんの家に着きます。私達はいつからかずっと貼られている入り口の張り紙を見て、いつも通りに中に入ります。木の家の中はいつも通りとても静かで、物音一つ聞こえないけれど、私達はおばあちゃんを捜す必要はありません。

このところおばあちゃんは、いつも寝室のベッドで寝ています。私が部屋に入ってきたところに気がつくこともあれば、気づかずにそのまま寝てしまっている時もあります。私は、おばあちゃんが寝ている時は無理矢理起こしたりはしません。部屋の床に座って本を読んだり、壁にかかったあの絵を見ていたり、小さな友達と遊んでいたりします。おばあちゃんは途中で起きたり、私が帰るまで起きなかったりします。おばあちゃんが起きなかった時、私はいつもノートを千切って今日来ていたことをお手紙で伝えるのです。

「おばあちゃんは夏になると眠くなるのね。私は春になると眠くなるわ」

「歳を取ると時間が経つのが早く感じるから、もしかするとおばあちゃんはもう次の春にいるのかもしれないね」

ある時そんな話を聞いて、私はとても不思議で素敵なことだと思いました。だって、時間が経つのが早かったら楽しいことや嬉しいことの回数がとても増えそうだからです。

それにしても、最近のおばあちゃんはとてもよくお昼寝をしているなと、私は気になりました。

アバズレさんがいなくなってからすぐは、おばあちゃんも起きている日が多く、寝ていても私が行けば目を覚ましてくれたのに、最近のおばあちゃんはいつも寝ていて、私に気がつかない時も多くなりました。そんなにお昼寝をしていたら夜眠れないんじゃないかしら、私はそう心配でした。そして私の心配ごとは、それだけではありませんでした。

夏休みが近づいてきたということは、もうすぐ、あの授業の最後の発表が近づいてきているということです。

幸せとは何か。私はその答えをまとめられないまま、日々を過ごしていました。

このままでは本当に時間が足りなくなってしまいそうです。

今日も眠っていたおばあちゃんの横で、私はずっと腕を組んで天井を見上げていました。

だけど、それでもやっぱり、答えは天井が邪魔をしたのか、空から降ってきてくれることはありませんでした。

時間はぐんぐんと進んでいくだけで全然戻ってくれたりはしないみたいです。どんなに必要だと思っても、どんなにお願いしても、戻ってきてはくれないみたいでした。南さんやアバズレさんが言っていたのだから、疑っていたわけじゃないけど、でも自分の体で体験してみると、やっぱり本当なんだなと確かめることが出来ます。

問題の答えはまだ出ないのに、発表の日は、ついに明日になってしまいました。

今日まで、桐生くんともひとみ先生とも幸せについてたくさんたくさん喋りました。だけど、私の頭の中にある答えのジグソーパズルを完成させることはまだ出来ていませんでした。桐生くんは幸せについての話をするとなんだかいつも照れていますが、やっぱり絵についてのことを発表すると決めたみたいでした。

小柳さんは？　桐生くんからの質問に、私はまだ答えを用意することが出来ませんでした。「人の顔を描く時にはね、丸を描いてそれを縦に半分に割ったちょうど真ん中に目が来るようにするんだ」というびっくりするようなアドバイスを桐生くんから貰って、その代わりに「オセロは出来るだけ四隅を取った方がいいわ。だってどこからも挟めないでしょ？」という桐生くんをびっくりさせるアドバイスをあげてから、私と尻尾のちぎれた彼女はいつものようにおばあちゃんの家に行きました。

もしかしたら、今日はもうおばあちゃんの家に行かなくてもいいかもしれない。少しだけそう思っていたのですが、やっぱり私はおばあちゃんの家に行くことを選びました。

どうして私がいつも行っているおばあちゃんの家に行かなくてもいいかもしれないと思ったのかというと、ここ一週間ほど、私はおばあちゃんと一度もお話が出来ていないからです。最近、よく寝ていたおばあちゃんでしたが、特にこの一週間では、おばあちゃんはいつも寝ていて、私が行っても起きることなんてなく、ずっとベッドの上で静かな寝息をたてるばかりでした。もしかすると寝ていてご飯を食べることを忘れていたのかもしれません。おばあちゃんは少しやせたように見えました。

だから今日もおばあちゃんが気持ちよく寝ているなら私は桐生くんと幸せについて話し合っている方がいいかもしれないと少し考えたのです。でも、私はおばあちゃんの家に行くことを選びました。理由は、なんとなくではありません。最後のヒントを、長く長く生きたおばあちゃんから貰いたかったのです。黒い彼女も私がおばあちゃんの家に行くのに賛成してくれました。まあ、彼女の場合は桐生くんが苦手なだけなのですが。

だから私はおばあちゃんが起きていてくれればいいなと思って大きな木の家に行ったはずです。なのに、私は驚いてしまいました。いつもの通り小さな友達と家にあがって寝室に行った時、おばあちゃんがベッドの上に起き上がっているのを見て思わず「わっ」と言ってしまいました。声を出した私にすぐに気がついたおばあちゃんは、私を見てにっこりと皺《しわ》を深めました。

「なっちゃん、ごめんね、お手紙を貰ってたのに」

「ううん、全然いいの。それより、今日は眠くないの？」

「うん、大丈夫だ。たくさん寝たからね。それに」

おばあちゃんは、よく分からないことを言いました。きっと今日で最後だから、って。分からないことは、訊《き》きましょう。

「何が最後なの？」

「なっちゃんが、言ってたろ？　明日がなっちゃんの宿題の発表日。だから、今日が最後の準備の時間だ」

「ええ、そう、そうなのよ、だから私、おばあちゃんとお話ししたくて今日来たの」

私の言葉にまた笑ってくれたおばあちゃんは、やっぱりちょっとやせたように見えました。

「ああ、おばあちゃんが話せることなら、なんでも」

「ダイエットの秘訣とかでも？」

おばあちゃんの笑顔はいつも変わりません。優しく、静かで、柔らかい。アバズレさんとも、南さんとも、もちろん私のとも違う大きな笑顔。きっと、幸せな人生を過ごすことが出来たから、そんな笑顔が出来ているんだと思いました。どうしたらそんな笑顔が出来るようになるのか、それが、今回の問題の最後の答えな気がしました。

「お願いがあるの、おばあちゃん」

「ん？　なんだい？」

「おばあちゃんは、どんな人生を送ってきたのか、教えてほしいの」

私はおばあちゃんのベッドの端っこに座りました。私のベッドより柔らかいのによく跳ね返るのが不思議で、お尻を何度もドリブルさせたくなりますが、真面目なお願いをしたのだから今は我慢します。

尻尾のちぎれた彼女も、きっとおばあちゃんのお話を聞きたかったのでしょう。しなやかな小さな体を思い切りジャンプさせ、おばあちゃんの膝の上に乗って、金色の瞳を上に向けました。私の友達は、さすが魔性の女です。彼女の金色の瞳がおばあちゃんに昔のことを思い出させたのかもしれません。おばあちゃんは、彼女の目を見たまま、お話をしてくれました。

だけど、それは私の訊《き》きたかったお話とは、少し違っていました。

「私は、子どもから大人になって、そしておばあちゃんになって、好きなことをして、好きな人達と一緒に、人生を過ごしてきたよ」

「……それって、普通のことじゃない？」

私は少し拍子抜けをしてしまいました。

「ああ、普通の人生。私は、そんな普通に幸せな人生を送ることが出来た」

おばあちゃんの声にすら、幸せが詰まっている。そんな風に聞こえました。

「もしかしたら、私にだってあったかもしれない。いや、きっとあったの」

「…………何が？」

「友達が一人もいないってこと」

私には首を傾げるしか出来ませんでした。なのにおばあちゃんは私を褒めるみたいに頷いて、続けたのです。

「誰の味方にもなってあげられなかったかもしれない、誰も愛せなかったかもしれない、人を傷つけていたかもしれない、誰にも優しく出来なかったかもしれない。でも、私は出来た。大切な人の味方になってあげられた。友人や家族を、愛した。誰かを傷つけることはあったかもしれない、でも、優しい人になろうと思うことが出来た。だから私の人生は幸せだった。もしかしたら、私にもあったかもしれない」

おばあちゃんは私の目をじっと見ました。

「謝ることも出来ないで、大切な人を失って、ひとりぼっちで自分を傷つけてしまうこと」

私は、南さんの目を思い出していました。

おばあちゃんは、ベッドの上に投げ出されていた私の手を握りました。

「自分が大嫌いで、自棄になって、あまつさえ人生を終わらそうと思ってしまうこと」

私はアバズレさんの手を思い出していました。

「でも、私はそうはしなかった。幸せだと思える人生を歩いてこられた。そりゃあ、嫌なことなんて数えればきりがないんだけど、でも、それよりもっと多く、数え切れない楽しいことや嬉しいことがある人生を歩いた」

「……人生とは、道？」

おばあちゃんの言う「歩く」という言葉が気になって、私は訊《き》きました。私は南さんやアバズレさんの言葉を思い出していたのです。時間は戻らない。だったら、人生とは、戻ることの出来ない道なのかもしれないと思いました。でも、おばあちゃんは首を横に振りました。

「いいや、人生は道なんかじゃないさ。だって人生には信号はないでしょ？」

おばあちゃんの適当な冗談が面白くて、私はくすりと笑いました。だから私も冗談で返すことにします。

「じゃあ人生は高速道路？」

「かもね」

初めて聞くおばあちゃんのそっけない相槌に、私はまた笑ってしまいます。

「私の人生はね、なっちゃん、本当に幸せだったんだよ。なっちゃんは、今、幸せ？」

私は考えませんでした。

「ええ、幸せなことがたくさんあるわ」

お母さんとお父さんはちゃんと私のことを思ってくれている。夕ご飯には私の好きなものが出てくる。オセロを一緒にやってくれる友達がいる。学校に行けば味方になってくれる先生がいる。優しいおばあちゃんがいる。一緒に歌える小さな友達もいる。南さんやアバズレさんにもきっとまた会える。嫌なこともあるけれど、そんなことより今の私には、幸せなことの方がずっと多いのです。

「なっちゃんはかしこいから、どうやってその幸せを持てたのか、分かってるはずだ」

「…………」

「私も、そうしてきた。なっちゃんの呼ぶ、アバズレさんや南さんも、きっとこれからはそうしていけるだろう。なっちゃんのおかげ」

「………」

「皆が選ぶんだよ」

洞窟の出口が、見えたようでした。

「幸せになるためだけに」

長く長くいた洞窟の中、真っ暗な闇の中、そこから外に出た時に拡がる目を潰してしまうかと思うほどのまばゆい光と、想像していたよりもずっと広大な風景。そこには数え切れないくらいの素敵な緑や風があって、そこには数え切れないほどの縁や幸福があって、この先に一歩踏み出すというそのことだけで、私の心は甘いものに満たされる。

私の心は、おばあちゃんの言葉で一瞬にして空想の中に飛びました。空想だけど、嘘じゃありません。私の中の気づきが、そんな風景を見せたのです。

「おばあちゃん、ありがとう」

私は心からのお礼をおばあちゃんに言いました。

「おばあちゃんに会いに来てよかったわ」

「答えが、見つかったのかい？」

「ええ」

不思議です。不思議なことはたくさんあるけれど、今もまた私は不思議の目の前にいました。私はおばあちゃんの寝室にいて、ベッドに座っていて、そこには尻尾のちぎれた彼女とおばあちゃんがいて、さっきまでとこの世界は何も変わっていないはずなのに、私には、今この世界が、さっきまでとは違う輝きを持って見えたのです。

私の世界の見え方が変わってしまったこと、おばあちゃんは全部知っているみたいに私の頭を細い指で撫でてくれました。

「私の人生も、なっちゃんみたいに幸せに溢れていて、もう何も思い残すことはなかったのに。神様は最後にご褒美までくれた。こんなに幸せな人生はない」

「神様に何をもらったの？」

「なっちゃんに会わせてくれた」

私は、とてもとても嬉しくなりました。おばあちゃんの幸せの一つに私がなれたこと。私がおばあちゃんを幸せに出来ていること。そして、おばあちゃんの言葉が決して嘘ではないと、分かったことも。

「もう何もいらない。私のオセロの最後のマスには、なっちゃんっていう幸せが置かれた」

「人生とは、道じゃなくてオセロ？」

おばあちゃんは、首を横に振りました。

「いいや、違うさ」

そう言うと、気持ちのいい控え目に入ってくる光がそうさせたのかもしれません、おばあちゃんは、急に眠たそうにうつらうつらと首を揺らしました。私は、おばあちゃんの膝の上に乗っていた彼女を持ちあげて、おばあちゃんがベッドに横になれるようにしました。おばあちゃんはまぶたを薄く開けて小さな声で「ありがとう」と言い、ゆっくりと横になりました。

「なっちゃん、窓を開けてくれるかい？」

おばあちゃんに言われ、私はベッドの向こう側にある窓に手を伸ばして一枚の窓を横にずらしました。開いた隙間から、クーラーとは違う、いい匂いの風が入り込んできます。

「他に何かしてほしいことはある？」

「……いいや大丈夫だ。ありがとう」

「それじゃ、私はお昼寝の邪魔をしないように帰るわね。おばあちゃん、本当にありがとう」

「いいんだ。なっちゃんの発表が上手くいきますように」

おばあちゃんはお布団の中で、気持ちよさそうに目を閉じました。私は黒い彼女を抱えておばあちゃんの寝室を出ていくことにしました。

と、部屋のガラス戸を開けた時、私は後ろから名前を呼ばれました。もう一度、ベッドのそばに行くと、おばあちゃんは私に耳を貸すように言いました。

「最後に一つだけ、なっちゃんに伝えたいことがあるんだ」

「ええ」

「いいかい、人生とは」

おばあちゃんが真似した私の口癖は、全く冗談にもなんにもなっていなくて、どういう意味？　と訊《き》く必要がないものでした。でも、私の心はおばあちゃんの言葉で、上手な冗談を聞いた時よりもずっと満たされました。

今度こそ、おばあちゃんの寝室を出て静かな廊下を歩き、玄関で靴を履いて外に出ると、そこは私達がいつも来る草の生えた広場でした。でも、やっぱり私には来た時とはまるで違う光を持っているみたいに見えました。おばあちゃんのおかげです。明日も必ず、ここに来なくてはいけません。

「さ、帰って明日言うことをノートに書かなきゃ」

私はおばあちゃんの家の入り口、短い木の階段を下りて草むらを踏みます。そうして、いつもみたいに歌うのです。

「しっあわーせはー、あーるーいーてこーないー」

「ナー」

私の歌声に続いて、後ろから返ってきた声は歌声ではありませんでした。私は、いつもとは違う友達の声に振り返ります。彼女の声は、私に大事な話があると言っていました。

「どうしたの？」

振り返った先、尻尾のちぎれた彼女は、まだおばあちゃんの大きな木の家、大きな扉の前にいました。彼女は私をその金色の瞳でじっと見ていました。

「……ナー」

彼女は、おばあちゃんの家に残ると言っていました。彼女が放課後、私の家の前以外で私と別れるのは、初めてのことでした。

「分かったわ。じゃ、また明日会いましょう。おばあちゃんに迷惑かけないようにね」

「ナー」

不思議な声でした。ありがとうと、さようならを合わせたみたいな。きっと人間には出せない彼女だけの声なのでしょう。

私は彼女の声が気になりましたが、彼女は悪女だから思わせぶりな声を持っているのねと思って、後ろに手を振り、丘を下りていく坂道へと足を向けました。

私を振り返らせたのは、風です。

大きな大きな風が私の体を通り抜けていきました。私は、まるでその風に手を引っ張られるみたいに、おばあちゃんの家の方を向いてしまったのです。

いえ、家のあった方を向いてしまったのです。

私は、びっくりとか、驚きとか、そういうものを通り越した不思議を受け止めた時、人は大きな声を出したりしないんだって、知りました。

私が風に引っ張られた先、そこには、緑色の原っぱが拡がっていました。草があって、花があって、生きている木があって。

それ以外には、何もありませんでした。

さっきまであったはずの木の家も、さっきまで話していた友達の姿も、もうそこにはなかったのです。

強い風は、それから一度も吹きませんでした。

教室は、お父さんの持っているギターの弦みたいに張りつめた空気に満たされていました。ここにいる全員、いえ、ひとみ先生以外の全員が緊張しているのが分かります。桐生くんも緊張しているみたいでした。私も緊張していました。あの時より聞いている人は少ないはずなのに。授業参観の時よりも、きっとずっと。

当然のことだと思います。私達はこの時間のために、これまでずっとかしこかったりかしこくなかったりする頭を、悩ませてきたのですから。いつもの挨拶。

いつものひとみ先生の授業とは少しだけ関係のないお話。それから、いつもとは違う最後の発表の時間がやってきます。

最初の発表は、左の端っこ、一番前の席の男の子から。私は、彼らの発表を聞かないことも出来ました。自分の発表することをもう一度読み返して、もっといい表現はないものかと考えることも出来ました。けれど私は、クラスメイト達の発表を真剣に聞くことにしたのです。理由は、私も頑張って考えた答えを聞いてもらえなかったら悲しいと思ったからです。

皆違う。でも、皆同じ。

もしかすると、一人くらい私の答えと同じか近い答えの子がいるかもしれない。そう思って楽しみにもしていたのですが、少なくとも私達の前にそういう発表をする子はいませんでした。

クラスの子達の発表はどんどんと進んで、いよいよ次は桐生くんの番、というところまで来ました。

私は緊張していました。だけれど見てみると、桐生くんはもっと緊張しているみたいでした。私はどうしてか、桐生くんのおでこを伝う汗を見て、自分の中の緊張が解けていくのを感じました。桐生くんに吸い取られてしまったのかもしれません。

緊張のなくなった私は、私の緊張を消してくれた桐生くんを励ましてあげようと思いました。だけれど、小さな声で呼びかけても、彼は私の声が聞こえていないみたいでした。だから、代わりに私は彼の手を握りました。机の下、こっそりと彼の手を。桐生くんはびっくりしたみたいでした。でも、こっちを向いて私の顔を見ると、震わせていた唇をぎゅっと噛んで、それからにっこり。彼の手の平の震えも、少しずつ消えていきました。

桐生くんの発表の番、彼は立ち上がって堂々と、いえ、それは言いすぎました、あまり大きな声ではなかったけれど、自分自身の幸せについて発表をしました。

彼はあの発表の後も、たまにからかわれたりしているみたいでした。絵のこともだけれど、なぜだか私とのことも。私達が味方同士であることをからかうなんて本当に馬鹿なことです。もし、桐生くんがやられっぱなしなら、そうして桐生くんが望むなら、私はまた喧嘩をしていたでしょう。だけど、私は喧嘩をあまりしなくなりました。桐生くんは少しずつだけど、言い返したり、逃げたりするのが上手くなったみたいでした。

絵について、家族について、ひとみ先生について、隣の席の友達について、彼の発表はとても素晴らしいものでした。

そして、彼の発表が終わったということは、つまり次は私の番だということです。

名前を呼ばれて私は立ち上がりました。

その時です、いなくなったはずの緊張の虫。それが、ざわざわっと背中をのぼってくるのを感じました。私は机の上のノートを持ちあげるのに何度も失敗しました。手が震えてしまっていたのです。ノートに書いてある言葉も自分で書いた日本語のはずなのに、読めなくなってしまいました。どうしよう。

焦って、私のおでこにも一筋汗が流れた時、でしょうか。横に垂らしていた私の左手を誰かが握りました。私は、咄嗟《とっさ》に左手を見ます。

手を握ってくれたのは、桐生くんでした。私の中から、また、緊張の虫がいなくなるのを感じました。

私は、ひとみ先生の方をきちんと向き、両手でノートを持ちました。

そうして私は、長い間、考え続けてきた答えをクラスの皆に向けて発表したのです。

「私の幸せは」

発表の間、ずっと思い出していました。南さんのことを、アバズレさんのことを、おばあちゃんのことを、尻尾のちぎれた彼女のことを。皆と過ごした、日々のことを。

私は、もしかすると知っていたのかもしれません。本当はもう会えないかもしれないこと。

だからきっと、私は泣いちゃったのです。

その日の放課後、私は最近いつも一緒に帰る桐生くんに待ってもらって、職員室に行きました。ひとみ先生に訊《き》きたいことがあったのです。

職員室に入ると、ひとみ先生が隣の席のしんたろう先生と楽しそうに話していました。

でも、私に気がついたひとみ先生はすぐにその笑顔を私に向けてくれました。

私は、少し長い話なんだけど、と前置きました。するとひとみ先生は私を職員室の外に連れ出し、誰もいない小さな教室に連れていってくれました。

ひとみ先生の優しさで、私は安心してそのことを話すことが出来ました。

「ひとみ先生、私には友達がいたの」

先生は首を傾げました。

私は話しました。アバズレさんのことも、南さんのことも、おばあちゃんのことも、金色の瞳の彼女のことも。そして、これまでにどういう話をしたのか、何があったのか、どういう風に助けてもらったのか、全部を話しました。そうして初めて、私は、私の訊きたいことを先生に分かってもらえると思ったのです。

「私の友達が消えちゃった不思議が、私には分からないのよ」

これはもしかするとひとみ先生にも分からない問題かもしれないと思っていました。それほど、ここ数週間のうちに起こったことは不思議で、まるで魔法でも使えなければありえないんじゃないかと思うことばかりでした。

なのに、先生が少しだけ考えてからいつもみたいに指を立てたのには驚きました。さすがは大人、しかも先生。そう思いました。

だけれど結局はいつだって、ひとみ先生は、私の大好きなひとみ先生なのです。

「もしかしたら、小柳さんに会いに来てくれたのかもしれないわね」

的外れ。

「違うわよ、いつも私が会いに行ってたんだもの」

先生は困った顔はしませんでした。その代わり、ふわりと笑いました。

不思議について考える。このことを二人だけの内緒の宿題にした私達は、誰もいない教室を出て、ひとみ先生は職員室に、私は桐生くんを迎えに行きました。

図書室で待ってくれていた桐生くんは、この前私がおすすめした『トム・ソーヤーの冒険』を読んでいました。

桐生くん。

驚きやすい彼を驚かさないよう、そっと私は声をかけようとします。

だけれどその時、もう既に私の口や声帯はそっちにはありません。

声が出なくなり、やがて見えている風景が右目と左目で違っていることに気がついて。

この時ようやく私は気がつくのです。

ああ、ここで終わりか、と。

11

また、同じ夢を見ていた。

目覚まし時計の軽い電子音、遮光カーテンの間から漏れるわずかな光、さらさらのシーツ、ふかふかの枕、白い天井。

目覚めて、まず思いました。また、同じ夢を見ていた。

目を何度か瞬かせ、腕だけを動かして、アラームを止める。遅れてお腹の上に控え目な重さを感じて、私の寝がえりを邪魔する居候を持ちあげて床に下ろします。彼女は下手をすれば家が火事になっても起きないかもしれないほどのお寝坊さんなので、多少乱暴にしても大丈夫。

ベッドから下りて立ち上がり、カーテンを開けるとたっぷりの陽光が部屋に差しこんできました。うん、今日も快晴。いい天気。

顔を洗おうかな。そう思うのと同時に、ベッドの横に置いてある低いテーブルの上の携帯電話が震えました。誰からのメールかは、分かっています。

メールを見て、私は背筋を伸ばします。今日は約束があるから、いつもより少しだけお洒落をして出かけなくちゃ。

洗面台に行って顔を洗い、寝癖を直すことにしましょう。私の長い髪は寝癖にあんまり強くなくて、朝は他の人よりちょっと長く洗面台に居座ることになります。加えて、今日はあの夢を見た日。あの夢を見た日は、ついついじっと鏡に映る自分の顔に見入ってしまうのです。

きちんと寝癖を直して、多少のナルシストタイムを終え、私はキッチンにある冷蔵庫からオレンジジュースと昨日買っておいたフィナンシェ、私の大好物を取り出します。

ソファーに座って朝ご飯を食べていると、大体いつもこのタイミングで目を覚ますのが我が家の居候である彼女。彼女は私の足元でゆっくりと体を起こし、私の足を舐めはじめます。お腹が空いているのでしょう。私は足を彼女に食べられちゃ敵わないので、キッチンから彼女専用のお皿と牛乳を持ってきて彼女の朝ご飯を用意します。お皿は、ふちのところに彼女の名前が書かれたものをわざわざ探してきてあげました。

彼女と並んで、朝ご飯を食べながら、彼女が何を考えているのかは知らないけれど、私は夢のことを考えていました。他ならない、さっきまで見ていた夢のこと。

私は、子どもの頃の夢をよく見ます。それも決まって見るのは小学生の時、他にも大切な思い出はたくさんあるのに、見るのはあの時の夢だけ。

まるで訊《き》かれているみたい。

あなたはちゃんと、幸せになっているの？　って。

朝食後のコーヒー、なんて似合わない私はもう一杯オレンジジュースを飲みながらテレビの電源をつけました。何かやっているのかとザッピング。だけど、やっているのは昔のアニメと、悲しいニュースと、誰かを全員でいじめる、まるで小学生が集まって作ったようなワイドショーだけ。とある番組では見るからに偉そうな大学の先生が、十五年間まるで変わらないことを言っていました。

私はテレビを消して、足元の彼女をそこに残したまま、隣の仕事部屋に移動します。２ＬＤＫのこの家に住んで、もう三年。引っ越す時、探している家の一番の重要事項を不動産屋さんに伝えると世にも奇妙な顔をされました。その不動産屋さんが頑張って探してくれた、外から見るととっても美味しそうなこの家を、私は気に入っています。

仕事部屋には余計《よけい》なものは何一つありません。大きめの机と動く椅子、その上にノートと鉛筆、目覚まし時計と小さなパソコン。本棚に、本達。それから、小さな居候が大人しく寝ていられる毛布だけ。

椅子に座って、まずは閉じられたノートを開いて昨日の復習をします。それから鉛筆を持って、早速仕事に取りかかるのです。私の仕事に出勤はありません。決められた時間も、残業も、遅刻も早退もありません。持ち物も必要なく、必要なのはノートと鉛筆と私の頭と、この世界中にある全てのものだけ。

夢中になると私はすぐに時間を忘れるので、机の上の目覚まし時計でアラームを仕掛けます。

今日もやっぱり時間は光の矢のように過ぎ去って、自分で仕掛けたアラームにびっくりするというお約束を繰り広げた私は、ノートに小さな丸を打って席を立ちます。いつもならお昼ご飯もそっちのけでやり続ける仕事。だけど今日はそうもいかない。大切な用事があるのです。

二度寝をしている居候を横目に洗面所で長い髪の毛をセットして、わざとらしくないお化粧を施し、いつもより少しだけメルヘンチックで洒落たスカートをはきます。そこにお気に入りのリュックを背負えば、出かける準備は万端です。

「ナー」

いつの間にか起きていた彼女が、足元で眉間に皺《しわ》を寄せながらこちらを見ていました。

「何？　せっかくのデートなのにリュックはやめろって？　いいの、人生ってリュックみたいなものだから」

「ナー」

「背負うものがあった方が、背筋も伸びるの。それにランドセルみたいで大好き」

彼女には私の冗談は理解出来なかったみたい。そんなことより彼女も早く外に出かけたい様子でうちのドアを爪でかりかりとし始めました。うちに居候をしてる彼女は、日中はいつも外にお出かけをしています。どこに行っているのかは知りません。もしかすると、どこかの女の子と丘をのぼっているのかも。

居候の彼女に急かされ、少し早いけれど私は家を出ることにしました。リュックには読みかけの本もペンもノートも入っている。素敵な時間を過ごす準備は万端です。

ドアを開けると、爽やかな風が私の顔を叩きました。髪とスカートが揺れてまるで動かずに踊っている気分になれます。もうすぐ、夏。

「あ、マーチ」

私が鍵を締めるのも待たずに行ってしまおうとする薄情な居候の背中に呼びかけると、彼女は流し目でこちらを振り向きました。妙に色気のあるその目は、半分野良猫みたいな生活の中、一体何を経験して得たものなのか。気になるけど、訊《き》いても彼女は教えてくれません。

「日が変わるまでには帰るから、どこかで時間潰してて」

「ナー」

気にしないでいい。彼女はそう言い残して長い尻尾をゆらゆら揺らし軽いステップで行ってしまいました。後ろ姿はちょっと違うけど、彼女の所作はいつかの悪女を思い出させます。

さて、私も行こう。

「しーあわっせはー、あーるいーてこーないー、だーかーらあーるいーていーくんだねー」

私は口ずさみながら一つ伸びをして、あの時よりずっと高くなった目線で見る景色に、今日の一歩を踏み出しました。

幸せとは、自分が嬉しく感じたり楽しく感じたり、大切な人を大事にしたり、自分のことを大事にしたり、そういった行動や言葉を、自分の意思で選べることです。

また、同じ夢を見ていた。あの夢を見ると、いつも思う。

まるで、自分に訊かれているみたい。あなたは今、幸せなのかって。

その問いに答える時、私は今でも自分の中の幸せの定義が変わっていないことを確認してから、胸を張って頷いてみせるのです。

子どもの頃、人生とは、なんて大人ぶったことを言っていたかしこい女の子は、周りを思いやることも出来ず、味方も友達もいませんでした。だけれど女の子には運がいいことに導いてくれる人達がいて、彼女達のおかげで、その女の子は幸せなまま大人になることが出来ました。

導いてくれた人達のことを私は今でもしっかりと覚えています。

アバズレさん、南さん、おばあちゃん。

私は段々と知っていきました。

アバズレという言葉の意味も。彼女がやっていたのだろう仕事のことも。南さんが本当は南さんじゃなかったということも。あの授業参観の日に一つの飛行機事故があったことも。おばあちゃんが言っていた、私に先を見る力があるということの意味も、もう知っています。

彼女達は私を助けにきてくれたのでしょう。そうして女の子だった私も、彼女達を助けてあげることが出来たのでしょう。そのために、出会ったのでしょう。

大人になって、私は不思議の理由を知ってしまいました。でも、それを悲しいとは思っていません。

だって、私は今でも彼女達のことが大好き。だから自分で選んでいるのです。南さんのようになりたくて、仕事に使っているのは今でも普通のノートだし、アバズレさんのようになりたくて、同じ色の建物に住んでいるし、おばあちゃんのようになりたくて、少しずつお菓子の作り方を勉強しています。まだ、魔法は使えないけれど。

あれから結局、私は二度と彼女達と会うことが出来ませんでした。

私が彼女達のような素敵な大人になれているのかは分からないけれど、最近の私の顔は南さんにそっくりだった顔から、段々アバズレさんの顔に似てきています。何十年後かには、きっとおばあちゃんに似てくるのでしょう。

だけれど、私の人生は誰のものとも違います。

誰のものとも違う、自分の幸せを選ぶことが出来るのです。

幸せは、あっちからやってくるものではなく。

こっちから、選んで手にするものだから。

また、同じ夢を見ていた。あの夢を見ると、いつも思う。自分に訊《き》かれているみたい。

あなたは今、幸せなのかって。

その問いに答える時、私は自分の幸せの定義と一緒に、いつも、最後におばあちゃんが私にくれた言葉を思い出すのです。


いいかい、人生とは。

全て、希望に輝く今のあなたのものよ。


大きなアトリエの中、私は彼の邪魔にならないよう隣に椅子を置いて腰掛けます。

「サイン描くだけだよ?」

広い空間があるのに、わざわざ並んで座った私に彼は笑いながら言いました。だから私も同じように笑って答えてあげました。

「また、同じ夢を見てたの」

私は彼に夢の説明をしませんでした。だけど彼はそれ以上私がそこにいることを疑問に思ったりもしませんでした。彼はペンを持って、キャンバスの右下に自分のサインを描きました。中学生の頃から彼が使っているサイン。外国人から怖がられるかもしれないと、「あなたを殺す」と聞こえる自分の名前の意味を反対にしたサイン。

「この絵、出展するんだっけ?」

「……いや」

彼は、一面に咲いた菜の花畑の絵を見て言いました。

「これは、君にあげる」

私には、それが彼のプロポーズだということが分かりました。恋人になったばかりなのに、プロポーズとは早すぎるんじゃない？　なんて思ったけれど、でも、きっとこの絵には、これまでの想いを全部詰めてくれているのだと分かりました。

だけど、やっぱり大事なことはちゃんと言葉にしてほしい私は言いました。

「いくじなしっ」

彼は笑って、きちんとそれを言葉にしてくれました。

それから私が彼のプロポーズにどう答えたのか。

今でもまだ隣の席に座る彼と私が、この後どうなったのかは、薔薇《ばら》の下で。

本作品は二〇一六年二月、小社より単行本刊行されました。
また、作中に登場する人物、団体名は全て架空のものです。

双葉文庫

す-12-02

また、同《おな》じ夢《ゆめ》を見《み》ていた

2018年7月15日　第1刷発行
2025年3月19日　第49刷発行

【著者】
住野《すみの》よる

【発行者】
箕浦克史
【発行所】
株式会社双葉社
〒162-8540 東京都新宿区東五軒町3番28号
［電話］03-5261-4818(営業部)　03-5261-4831(編集部)
www.futabasha.co.jp(双葉社の書籍・コミックが買えます)
【印刷所】
中央精版印刷株式会社
【製本所】
中央精版印刷株式会社

【フォーマット・デザイン】
日下潤一

ISBN978-4-575-52125-2 C0193
Printed in Japan

JASRAC 出1806211-549